의 고민! 세기의 고민!」

― 문득 속으로 한번 중얼대였다.

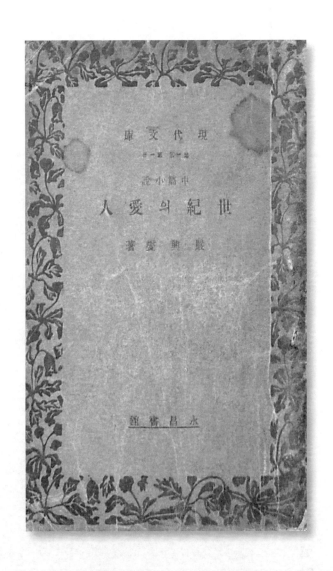

단행본 『세기의 애인』(1940 재판) 표지

다은까닭이다.

밖에선 눈보라가 치는모양인지 위ー이하는 바람소리가 눈쪼각을 날려다가

유리창을 가볍게 흔든다.

『다이멘! 다이멘!』하고 역부의 웨치는 소리가 바람결에 차차 가까이를

려온다. 종만은 시게를 꺼내여 봤다. 새벽세시다.

아즉도 서울까지에는 비시간 동안이나 더 지나야 될것을 생각하매 새삼스

럽게 기차여행이란 지리하고 괴로운것이라고 느끼여진다.

그는 다시 오ー버에리를 세우고 빠쳤던 단추를 끼운뒤에 두다리를 스립우

에 옴그러결치고는 슬몃이 임췌어에 쓰러졌다.

새로 올나오는 승객들이 자리를 찾노라고 여기저기 기웃거리는 발자욱소

리가 조용한 차속안을 루두럭 루두럭 울리기 시작한다.

종만은 발자욱소리가 자기편으로 가까히 들려오면 올사록 불패한기분이스

르로 떠올랐다. 어면 뚱뚱보에게나 자기의 겻을 빼앗기면 앞으로도 비시간여

나 곤란당할일이 불안하기 때문이다.

2

어데서든지 또 만날기회가 있을것만같은 한줄기미련이

그여자에게대한 그의 신렴이 되엿당.

어느틈엔지 스르르 사러지고난뒤에는 다만 「피ー」하고 관차의

수증기뽑는 강렬한 음향만이 밤공기를 요란하게 울린다.

그는 대학생 김종만(金鍾晚)이였다.

一

어렴풋이 들려오던 수레바퀴 굴구는 소리도, 덜덜덜 흔들리든 차체(車體)의 가벼운 감각도, 어느틈엔지 스르르 사러지고난뒤에는 다만 「피ー」하고 가관차의 수증기뽑는 강렬한 음향만이 밤공기를 요란하게 울린다.

담배연기에 어린 침침한 삼등객차(三等客車)안, 밤도 임이 깊헛는지 승객들은 쓰러지 잠이들엇는베 어느 암훼어에선지 벌덕 고개를 처들며 이러나는 청년이있다. 그는 대학생 김종만(金鍾晚)이였다.

자기곁에 앉었던 노파는 어디서 나렸는지 자리가 비였으나 건너편 압훼어에는 역시 대구에서 가치탄 중국인 중년남녀가 고개를 맞부덪고 입들을 벌러채 코를골고잔다.

성화가 어린 유리창밖엔 전등불빛이 눈을 부신다. 어느 제법큰 정기장에와

1

다.

암췌어바닥이 물컹 하고 가볍게 그의 불기짝을 뭉기자 그는 비로소 그

여자가 자기의곁에 앉는다는것을 느끼였다.

그는 눈을 감었으나 아까처럼 잠은 오지않었다.

대구역을 지나서부터는 아모겻도 모르고 피곤한몸을 세시간동안이나 차

참에다 쓸어 트렸었다.

그머기 때문에 머리가 터분하고 으슬으슬 찬기운이 왼몸둥이를 스르르지

내친다.

이윽고 덜그덕하는 소리와 함께 차체가 움즉이기 시작한다.

그는 다시 고개를 구석지에 기대고 두다리를 건너편 암췌어학모둥이로 쭈

ㅡㄱ 뻗었다.

자기의 이웃자리를 여자에게 빼앗끼고 나니 어쩐지 몸갖기가 거북해지왔

다.

결에탄그가 여자가 아니였더면 몸을 비스듬이 그사람에게 기대어도 그다

종만은 가슴이 뜨끔하였다.

4

세기를 고민하는 사람들의 악취미란말은 너무도 날카로운,

자기에게던지는 화살이였기 때문이다.

려온다。

이윽고 어떤 발자욱소리하나가 가까히 들려온다。발자욱소리는 자기의 미

러말에서 잠간 주춤하더니 다시 발걸을 두번두번 저편으로 옮겨놓는다。

종만은 감었던눈을 스르르뜨고 발자욱의 주인공을 노려봤다。

추렁크를 들은 어떤 젊은 여자의 뒤ㅅ모양이다。

그는 다시 눈을감고 오ㅡ버에리속으로 고개를 움추렸었다。얼마가 지난뒤에

두벅두벅 발자욱소리가 아까 여자가 간편에서 또다시 이쪽으로 가까히 들

그는 슬멋이 눈을 뜨고 흐트러진 머리카락사이로 소리나는편을 살피었다。

금방 자기곁을 지나가던 발자욱의 주인공이 분명하다。그는 무심코 벌떡일어났다。

자기의곁을 그여자에게 빌려주겠다는 의협심의 발작이었는지, 또는 어떤 불

순한 호기심의 충동이었는지、그것은 그도 얼는 판정하기 어려운 일이었다。

이윽고 여자의 발자욱은 그의 암췌어걸에와서 주춤거미기시작한다。

종만은 스팀쪽으로 자기몸을 옴그린채 눈을감고 고개를 둘미었다。

여자는 그의 곁을 점령하려 했음인지 추렁크를 실것에 없는소녀가 남

3

아아, 보라, 보라, 그는 과연 어여쁜 계집애다.

그러나 그 어여쁜 그 계집애를 사랑할수없는 내괴로움은 오직

나만이 이해할수있는 피로움이당.

아아그것이 세기의 고민인가!

한국근대대중문학총서 틈

〈한국근대대중문학총서 틈〉은 한국근대대중소설의 커다란 흐름, 그 틈새에서 잘 알려지지 않은 소설을 발굴합니다. 당대에 보기 힘들었던 과감한 작품들을 통해 우리의 장르 서사가 동트기 시작하는 모습을 볼 수 있습니다. 한국 문학의 새로운 지평을 서서히 밝히는 이 가능성의 세계를 즐겨 주시기 바랍니다.

한 국 근 대 대 중 문 학 총 서 를
발 간 하 며

한반도에서 한국어를 사용하며 살아가는 우리는 언어공동체이면
서 독서공동체이기도 하다. 김유정의 「동백꽃」이나 김소월의 「진
달래꽃」과 같은 한국근대문학의 명작들은 독서공동체로서 우리
가 기억해야 할 자산들이다. 우리는 같은 작품을 읽으며 유사한
감성과 정서의 바탕을 형성해 왔다. 그런데 한편 생각해 보면 우리
독서공동체를 묶기가 그렇게 간단하지만은 않다. 누군가는 『만세
전』이나 『현대영미시선』 같은 책을 읽기도 했겠지만 또 다른 누군
가는 장터거리에서 『옥중화』나 『장한몽』처럼 표지는 울긋불긋한
그림들로 장식되어 있고 책을 펴면 속의 글자가 커다랗게 인쇄된
책을 사서 읽기도 했다. 공부깨나 한 사람들이 워즈워드를 말하고
괴테를 말했다면 많은 민중들은 이수일과 심순애의 사랑싸움에
울고 웃었다.

　한국근대문학관에서 근대대중소설총서를 기획한 것은 이처
럼 우리 독서공동체가 단순하지 않았다는 점에 착안했다. 본격 소
설도 아니고 그렇다고 '춘향전'이나 '심청전'류의 고소설이나 장
터의 딱지본 소설도 아닌 소설들이 또 하나의 부류를 이루고 있었
다. 이는 문학관의 실물자료들이 증명한다. 한국근대문학의 수

장고에는 근대계몽기 이후부터 한국전쟁 무렵까지로 한정해 놓고 보더라도 꽤 많은 문학 자료가 보관되어 있다. 염상섭의『만세전』이나 윤동주의『하늘과 바람과 별과 시』처럼 한국문학을 빛낸 명작들의 출간 당시의 판본, 잡지와 신문에 연재된 소설의 스크랩본들도 많다. 그런데 그중에는 우리 문학사에서 한 번도 거론되지 않았던 소설책들도 적지 않다. 전혀 알려지지 않은 낯선 작가의 작품도 있고 유명한 작가의 작품도 있다. 대개가 그동안 잘 알려지지 않았던 작품들이다. 본격 문학으로 보기 어려운 이 소설들은 문학사에서는 제대로 다뤄지지 않았던 것들이다.

한국근대문학관에서는 이런 자료들 가운데 그래도 오늘날 독자들에게 소개할 만한 것을 가려 재출간함으로써 그동안 잊고 있었던 우리 근대문학사의 빈 공간을 채워 넣으려 한다. 근대 독서공동체의 모습이 이를 통해 조금 더 실체적으로 드러나기를 기대한다.

다만 이번에 기획한 총서는 기존의 여타 시리즈와 다르게 작품의 내용을 이해하기 쉽게 하자는 것을 주된 편집 원칙으로 삼는다. 주석을 조금 더 친절하게 붙이고 작품의 배경이 되는 시대를 이해하는 데 도움을 주기 위해 다양한 참고 도판을 충분히 활용하는 것이 한국근대대중문학총서의 발행 의도와 방향을 잘 보여 준다. 책의 선정과 해제, 주석 작업은 전문가로 구성된 기획편집위원회가 주도한다.

어차피 근대는 시각(視覺)의 시대이기도 하다. 읽는 문학에서 읽고 보는 문학으로 전환하여 이 총서를 통해 근대 대중문화의 한 양상을 체험할 수 있도록 하자는 것이 기획의 취지이다. 일정한 볼륨을 갖출 때까지 지속적이고도 정기적으로 출간할 예정이다. 앞으로 많은 관심과 애정을 부탁드린다.

인 천 문 화 재 단 한 국 근 대 문 학 관

한국근대대중문학총서 틈 09

엄흥섭 소설
김미연 책임편집 및 해설

세기의 애인

기획 인천문화재단 한국근대문학관

● 홍시

- 엄흥섭(嚴興燮, 1906~1987)의『세기의 애인』은 1935년 2월부터 8월까지『신동아』에「고민」이라는 제목으로 7회에 걸쳐 연재되었다. 연재에 수록된 삽화는 이마동(李馬銅, 1906~1981)이 그렸다.

- 단행본『세기의 애인』초판은 1939년 광한서림에서 '현대문고' 제1권으로 출간되었다. 재판은 1940년 영창서관에서 출간되었다.「고민」은 24장에서 마무리되었으나『세기의 애인』은 뒷부분이 보완되어 25장으로 구성되었다. 이 책은 1940년 재판을 저본으로 삼았다.

- 본문의 표기는 독자의 편의를 위해 현행 맞춤법과 띄어쓰기에 따랐다. 다만 작품의 분위기에 영향을 준다고 판단되는 방언이나 구어체, 외래어 등은 그대로 두고 설명이나 뜻풀이가 필요한 어휘의 경우 각주로 그 내용을 풀이했다.

- 작가의 의도나 작품의 분위기를 해치지 않는 선에서 불필요한 문장 부호와 원문의 착오를 바로잡았다.

- 본문의 이해를 돕기 위해 내용과 관련된 도판을 삽입했다.

소감(小感)

졸저『세기의 애인』은 쇼와 10년(1935) 2월부터 동년 8월까지
『신동아』에 연재했던 것으로 연재물로서는 내가 처음으로 쓴 작
품이다.

발표 당시에는 「고민」이라 했고 또한 장편 소설이라 했으나 분
량으로 보아 중편 소설이며, 이번 단행본으로 출판되는 데 있어서
여러 가지 출판적 사정으로『세기의 애인』이라고 게재했다.

이『세기의 애인』은 내가 처음으로 많은 독자 대중을 상대하고
쓴 작품이요, 또한 분량을 나누어 연재한다는 월간지의 특수한
사정과 정책과 제한 밑에서 쓴 것으로서 작품 구성상의 우연적 사
건이라거나 통속적 무리가 많은 것을 나는 이번 이 작품의 인쇄 교
정을 하면서 또렷이 느낄 수 있었다.

말하자면 이 작품은 내가 쓴 통속물 가운데 하나며, 단행본으
로 내어놓기 부끄럽지 않은 바가 아니나, 병신 딸을 가진 어버이
마음처럼 나는 나의 이 작품을 불쌍하게 생각하는 충심(衷心)에
서 독자 제군의 동정을 사려 한다.

그런 의미에서 나는 좀 더 내 병신 딸의 흉을 감추기 위하여 이 작품에 분을 바르고 향수를 뿌리고도 싶었다. 그러나 그것은 도리어 제군의 악인상(惡印象)을 살 것 같아 단념해 버렸다.

끝으로 한 가지 첨언할 것이 있다. 그것은 이 작품의 발표 당시 어떤 사람으로부터 자기의 모델 소설이라고 의심을 받았으나 결코 나는 남의 모델 소설로서 이 작품을 쓴 것이 아님을 언명하여 둔다.

쇼와 14년(1939) 4월 ○일

인왕산 밑에서

저자

- 김종만

  주인공. K 대학 출신의 구직자

- 손보라

  보육학교 출신의 유치원 교사

- 박경옥

  카페 여급이 되는 전문학교 출신의 인물

- 백관철

  북악유치원 원장

- 박 군

  김종만의 친구. K 대학 출신의 취업자

- 손보혁

  손보라의 오빠. 대학 시절 사회주의자 혐의로 옥고를 겪고 실종

1

어렴풋이 들려오던 수레바퀴 구르는 소리도, 덜덜덜 흔들리는 차체의 가벼운 감각도, 어느 틈엔지 스르르 사라지고 난 뒤에는 다만 '피―' 하고 기관차의 수증기 뿜는 강렬한 음향만이 밤공기를 요란하게 울린다.

　담배 연기에 어린 침침한 삼등 객차 안, 밤도 이미 깊었는지 승객들은 쓰러져 잠이 들었는데 어느 암체어[1]에선지 벌떡 고개를 쳐들며 일어나는 청년이 있다. 그는 대학생 김종만(金鐘晩)이었다.

　자기 곁에 앉았던 노파는 어디서 내렸는지 자리가 비었으나 건너편 암체어에는 역시 대구에서 같이 탄 중국인 중년 남녀가 고개를 맞부딪고 입들을 벌린 채 코를 골고 잔다.

　성에가 어린 유리창 밖엔 전등 불빛이 눈을 부신다. 어느 제법 큰 정거장에 와 닿은 까닭이다.

1) 팔걸이의자

밖에선 눈보라가 치는 모양인지 윙— 하는 바람 소리가 눈 조각을 날려다가 유리창을 가볍게 흔든다.

"다이덴! 다이덴!"[2]

하고 역부의 외치는 소리가 바람결에 차차 가까이 들려온다. 종만은 시계를 꺼내어 봤다. 새벽 세 시다.

아직도 서울까지에는 네 시간 동안이나 더 지나야 될 것을 생각하매 새삼스럽게 기차 여행이란 지루하고 괴로운 것이라고 느껴진다.

그는 다시 오버 에리[3]를 세우고 빠졌던 단추를 낀 뒤에 두 다리를 스팀 위에 옹그려 걸치고는 슬며시 암체어에 쓰러졌다.

새로 올라오는 승객들이 자리를 찾느라고 여기저기 기웃거리는 발자국 소리가 조용한 차 속 안을 투두럭투두럭 울리기 시작한다.

종만은 발자국 소리가 자기 편으로 가까이 들려오면 올수록 불쾌한 기분이 스르르 떠올랐다. 어떤 뚱뚱보에게나 자기의 곁을 빼앗기면 앞으로도 네 시간여나 곤란당할 일이 불안하기 때문이다.

이윽고 어떤 발자국 소리 하나가 가까이 들려온다. 발자국 소리는 자기의 머리맡에서 잠깐 주춤하더니 다시 발길을 뚜벅뚜벅 저편으로 옮겨 놓는다.

2) 대전(大田)의 일본식 발음
3) 외투 옷깃을 가리키는 일본 말

종만은 감았던 눈을 스르르 뜨고 발자국의 주인공을 노려봤다.

트렁크를 들은 어떤 젊은 여자의 뒷모양이다.

그는 다시 눈을 감고 오버 에리 속으로 고개를 움츠렸다. 얼마가 지난 뒤에 뚜벅뚜벅 발자국 소리가 아까 여자가 간 편에서 또다시 이쪽으로 가까이 들려온다.

그는 슬며시 눈을 뜨고 흐트러진 머리카락 사이로 소리 나는 편을 살피었다.

금방 자기 곁을 지나가던 발자국의 주인공이 분명하다. 그는 무심코 벌떡 일어났다.

자기의 곁을 그 여자에게 빌려주겠다는 의협심의 발작이었는지, 또는 어떤 불순한 호기심의 충동이었는지, 그것은 그도 얼른 판정하기 어려운 일이었다.

이윽고 여자의 발자국은 그의 암체어 곁에 와서 주춤거리기 시작한다.

종만은 스팀 쪽으로 자기 몸을 옹그린 채 눈을 감고 고개를 돌렸다.

여자는 그의 곁을 점령하려 했음인지 트렁크를 실겅[4]에 얹는 소리가 난다.

암체어 바닥이 물컹하고 가볍게 그의 볼기짝을 튕기자 그는 비로소 그 여자가 자기의 곁에 앉는다는 것을 느꼈다.

그는 눈을 감았으나 아까처럼 잠은 오지 않았다.

4) 시렁. 선반

대구역을 지나서부터는 아무것도 모르고 피곤한 몸을 세 시간 동안이나 차창에다 쓰러뜨렸었다.

그러기 때문에 머리가 터분하고[5] 오슬오슬 찬 기운이 온 몸뚱이를 스르르 지나친다.

이윽고 덜그럭하는 소리와 함께 차체가 움직이기 시작한다.

그는 다시 고개를 구석지에 기대고 두 다리를 건너편 암체어 한 모퉁이로 쭉 뻗었다.

자기의 이웃 자리를 여자에게 빼앗기고 나니 어쩐지 몸 자세가 거북해져 왔다.

곁에 탄 그가 여자가 아니었다면 몸을 비스듬히 그 사람에게 기대어도 그다지 허물 될 게 없으련만…… . 이렇게 느껴진 그는 실로 이 자리에서 자기가 그와 마찬가지의 여성이 못 된 것이 한낱 유감이라고까지 생각한다.

종만은 선뜻 감았던 눈을 떴다. 그리고 기지개를 켰다. 그러고 나서 문득 곁에 앉은 여자를 옆눈으로 흘끔 도적해 봤다.

남이 편하게 쉬어 갈 자리에 무례하게 뛰어들어 미안이나 하다는 듯이 젊은 여자는 검정빛 세루[6] 두루마기 자락을 바싹 여미었는데 날아갈 것같이도 저편으로 몸을 바싹 옹그렸다.

5) 날씨나 기분 따위가 시원하지 아니하고 매우 답답하고 따분하다.
6) 옷감의 일종으로 네덜란드어 서지(serge)의 일본식 발음

공연히 시침을 뗄 걸 자리를 빌려주었나 보다 싶은 후회도 들었으나 자기보다도 더 불안하게 앉은 젊은 여자가 일변 가여웠다.

종만은 웬만하면 자기의 자리까지 이 여자에게 빌려 버리고 자기는 다른 자리로 옮겨 가는 것이 앞으로 남은 네 시간 동안의 안전을 위해서 좋은 방책이 아닐까도 싶었으므로 문득 슬며시 일어났다.

차가 어느 커브를 도는지 차체가 조금씩 기우뚱거린다. 종만은 비틀거리며 여자의 앞을 나서면서 입을 열었다.

"이리 편히 쉬시지요."

무엇을 묵상이나 하는 것 같은 둥근 얼굴의 그 여자는 감았던 눈을 뜨며

"예? 아니에요, 괜찮습니다!"

하고 약간 미소를 띠면서 고개를 갸우뚱 숙여 예를 표한다.

방긋 웃는 그 여자의 두 눈은 어디엔지 이지(理智)에 타는 광채가 반짝 빛났다.

종만은 '인상이 좋은 여자'라고 생각하면서 자리를 여기저기 기웃댔다.

가까운 데서 내릴 것 같은 사람들은 좀처럼 그의 눈에 띄지 않았다.

차 안은 한 자리에 둘씩 셋씩 꽉꽉 들어박힌 채 사방에서 코 고는 소리만이 우르르하는 수레바퀴 소리와 함께 흐

를 뿐이다.

종만은 실없이 걱정되었으므로 문을 열고 다른 객실로 건너가 봤다. 그편 역시 만원이었다.

그는 포켓에서 담배를 한 개 꺼내어 불을 붙였다.

그는 다시 자기가 탔던 객실로 건너왔다.

여자에게, 더구나 생전 처음 보는 여자에게 자리를 빌려 주겠다고 장담하고 나간 자기가 다시 그 자리를 되찾아 돌아오기는 실없이 창피한 노릇이었다. 그보다도 자기의 한 짓이 실없는 장난도 같이, 경솔한 외교와도 같이 그 여자가 느낀다면 실로 불쾌한 노릇이라고 그는 자기의 자리를 또 찾아가서 거북해졌다.

그는 그 여자가 보일락 말락 한 멀찍이 떨어진 암체어 모서리에 선 채로 등을 기대고 외투 주머니에 두 손을 집어 넣고는 눈을 감고 잠을 들이려 했다.

그러나 그렇게 쉽게 아무렇게나 잠이 올 리는 없었다. 그는 천천히 발길을 자기 자리였던 곳으로 옮겨 놓지 않을 수 없었다.

이윽고 자기 자리였던 암체어 앞에 닿았을 때 여자는 미안하다는 듯이

"괜찮습니다. 들어앉으세요!"

하고 폈던 두 다리를 옹그린다.

"네, 원, 모두가 만원이 돼서요……."

그는 다소 어색을 느꼈으나 여자의 태도가 부드러운 데

용기를 얻어 다시 제자리로 들어갔다.

"서울서 내리세요?"

여자는 가벼운 미소를 띠고 종만을 쳐다본다.

"네!"

종만은 고개를 갸우뚱하고는 이번에는 자기의 물을 차례라는 듯이

"어디까지 가십니까?"

하고 점잖게 묻자 여자는 명랑한 어조로 입을 연다.

"네! 저도 서울까지예요……."

"대전이 댁입니까?"

"아니에요! 광주예요!"

"예……, 그럼? 호남선서 바꿔 타셨군요. 퍽 괴로우시겠습니다그려!"

"아니에요, 괜찮아요!"

"그런데 통 광주 사투리를 안 쓰십니다그려……."

"뭘요……."

그들은 잠깐 동안 침묵이 내리더니 이윽고 여자가 다시 입을 연다.

"댁이 어디세요?"

"네! 경상도 경주입니다!"

"경주요? 참 좋은 곳이구면요……."

"그저 역사적으로 신라 때의 유적이어서 유명하다는 것뿐이지요!"

• 경부철도 일등 객차(서울역사아카이브)
• 대전정거장(대전역)(서울역사아카이브)

"……."

"경주에 혹 구경 오신 일 있습니까?"

"네, 중학 때 수학여행을 갔었어요……."

그들의 이야기는 끊일락 이을락 고요한 찻간의 공기를 흔든다.

2

어느 틈에 이야기가 그쳤는지도 종만은 몰랐다. 수레바퀴가 어느 굴 속을 돌진하느라고 요란한 소리가 났을 때에야 종만은 비로소 졸던 잠을 깨었다.

곁에 여자는 잠이 깊이 든 모양이다.

잠든 젊은 그 여인의 얼굴!

종만은 갑자기 이상한 본능의 충동을 느꼈다.

얇은 두 입술로 꼭 다문 조그마한 입은 빚어 만든 것같이도 어여쁘다.

불그레한 두 뺨엔 어디엔가 묘령 여성이 갖기 쉬운 애수가 어리었다.

종만은 모든 것을 무시하고 잠든 그를 힘껏 포옹하고도 싶었다.

그러나 종만은 거기까지의 용기가 자기에게 없는 것을 잘 알고 있었다.

종만은 망령된 공상을 할 게 아니라고 머리를 좌우로 흔들고 애써 잠들기에 힘을 모았다.

여자는 잠이 곤히 들었음인지 고개가 종만 쪽으로 비스듬히 쓰러진 것도 알지 못하고 가볍게 코만 곤다.

얼마가 지나는 동안 여자의 오른편 어깨와 종만의 왼쪽 어깨 사이는 기어이 한데 닿아 버렸다.

차체가 덜덜덜 움직이는 데 따라 물컹물컹한 여자의 어깻죽지 살의 탄력을 종만은 어렴풋이 감각할 수 있었다.

종만은 빙그레 만족하면서 여러 겹을 사이에 둔 겨울옷 속의 그 여자의 근육에서 살 향기를 마시려 했다.

어느 틈에 기차는 천안을 지나고 평택에 닿았다.

창밖에 아까보다도 더한층 눈 조각이 펄펄 날린다.

종만은 시계를 꺼냈다. 아직도 두어 시간을 더 지나야만 할 것을 느낀 그는 지루하다는 듯이 소리쳐 하품을 하고 기지개를 켰다.

이 바람에 곁에서 어깨를 기대고 자던 여자가 선뜻 놀라 눈을 뜬다.

여자는 별로 어깨가 닿았던 것이 그다지 불쾌하지는 않았다는 것처럼 종만의 표정을 살핀다.

"참 지루해요……. 아직도 멀었죠?"

"네, 아직도 약 두 시간가량 남았습니다."

"기차 여행처럼 지루한 것은 없어요."

여자는 동감을 청하는 듯이 두 눈에 가벼운 웃음을 띤다.

종만은 이 여자가 왜 자기를 쳐다보고 미소를 짓는지 선뜻 호기심이 일어나며 가슴이 약간 울렁거리기 시작했다. 그것보다도 먼저 이 여자가 처녀인지 아닌지가 갑자기 알고 싶어졌다.

쓸데없는 공상을 그만두자던 그의 이지도 이 순간 어여쁜 젊은 여인의 매력에는 어쩔 수 없이 정복을 당하는 것 같았다.

"그렇지만 신혼여행을 하는 사람들은 그렇지도 않겠지요!"

종만은 약간 유치한 말 같았으나 불쑥 이렇게 말을 하면서 여자의 표정을 읽으려 했다.

여자는 별로 그 말의 뜻을 잘 모르겠다는 듯이 아무런 표정의 변화도 일으키지 않는다. 종만은 약간 실망하였다.

그는 선반에서 사과 광주리를 내려 한 개를 벗기면서 다른 데로 화제를 돌렸다.

"그런데 실례지만 지금 어느 학교세요?"

그가 공부하는 여자라면 물론 중학생은 아니다. 그것은 그의 연령으로 보아서도 그렇거니와 그의 옷 입은 태로 보아도 그러하였다.

"학교요?"

여자는 헛다리를 짚었다는 듯이 의외로 놀란 표정을 하며 빙그레 웃는다.

"그럼 언제 마치셨나요?"

"작년 봄이에요, 벌써!"

"○○ 전문이세요?"

"아니에요!"

"그럼 어디세요?"

"중학은 ××이었어요!"

"그럼 보육이세요?"

"네! 어떻게 그렇게 잘 아세요……? 호호."

"그럼 모르겠습니까. ○○도 아니시라면 보육밖에 더 있습니까? 하하하."

종만은 벗긴 사과를 여자에게 권한다.

여자는 약간 사양하다가 만족한 듯이

"아유, 주시는 것이니 받겠어요!"

하고 한 손을 내밀며 고개를 갸우뚱한다.

종만은 자기의 것을 한 개 꺼냈다.

벗길 필요가 없다는 듯이 싼 종이로 두어 번 먼지를 문질러서는 껍질을 덥석 베어 문다.

사각사각 사과의 깨물리는 소리가 여자의 조그마한 입속에서 흘러나오자 종만은 일종의 쾌감을 느꼈다.

이 여자가 왜 대구쯤에서 타지 않았던고? 싶은 욕심 비슷한 감정이 스르르 떠오르자 그는 앞으로 남은 두어 시간이 너무도 짧은 데에 실없이 불만되었다.

여자는 얻어만 먹기가 어색하다는 듯이

"퍽 맛이 좋아요. 대구 능금이지요?"

하고 떨어진 사과 쪽을 두루마기 자락에서 가볍게 턴다.

"뭐, 맛은 어디 거나 마찬가지겠지요!"

종만은 다시 말을 이었다.

"그런데 대구 능금은 몸피[7]가 작은 게 결점 같아요!"

"크기만 하면 무엇 해요. 왜 그 서울에서도 흔히 반찬 가게에서 볼 수 있는 호박만 한 왜금[8]이라든가 뭔 허벅허벅하곤[9] 마치 맛도 호박 같은 것 있지 않아요."

여자는 여기까지 말을 하고선 종만을 한번 쳐다보면서 다시

"그건 크기만 했지 과일로서 아무런 가치가 없는 것 같아요!"

하고 빙그레 웃음을 띤다.

종만도 빙그레 웃으면서 입을 연다.

"과일도 인간과 마찬가지죠. 키만 크고 몸만 뚱뚱한 인간치고 대개는 실속이 없는 것처럼……."

종만의 과일 철학에 그는 감탄이 되었다는 듯이

"네, 저와 동감이에요! 꼭!"

사과를 베어 물은 입을 손가락으로 가리면서 그 여자는 가볍게 종만에게로 눈을 궁굴린다. 별같이 반짝 빛나는 그의 두 눈은 어디엔가 자연스럽고 어여쁜 웃음이 잠겨 있었다.

7) 몸통의 굵기
8) 사과의 일종. 열매가 굵고 빛깔이 좋으나 낙과가 많고 맛이 매우 시다.
9) 과일 따위가 너무 익었거나 딴 지 오래되어 물기가 적고 퍼석퍼석하다.

종만은 이 순간 바보가 된 것같이 정신이 찌르르해졌다. 각각으로 호감을 주는 이 여자에게 대한, 커 가는 호기심의 정열은 조그만 이지의 힘으론 도저히 누를 수 없었다.

종만은 스스로 놀라지 않을 수 없었다.

조선의 신여성도 이제는 제법 처음 대하는 남자와 한자리에서 기분 좋게 대화해 줄 줄 알 만큼 사교적 상식이 발전되었다는 것을 그는 이 여자의 예에서 입증할 수 있다고 감탄했기 때문이다.

그만큼 종만은 이 여자를 다만 평범한 여자라고 생각하기는 싫었다. 그렇다고 마성을 가진 요부형의 여자로 해석하기는 아까웠다. 물론 속 취미에 물든 문제 이하의 저급형의 속녀(俗女)로 보기는 더구나 잔인한 관찰이라고 느꼈다.

다만 호감 주는 여자, 악의 없는 여자, 그러면서 현대 여성으로서 순진한 듯한, 조금 쾌활한 듯한, 그리고도 조금 명랑한 듯한 — 그리고도 조금 우울한 듯한 — 고급형에 속할 여자라고 그는 보지 않을 수 없었다.

종만은 이렇게 그 여자에 대한 호감이 커 가면 커 갈수록 그 여자의 구체적인 정체를 알고 싶어졌다.

그가 보육학교를 마쳤다니 어느 보육인지가 첫째로 알고 싶은 일이요, 또한 지금은 어느 곳에 취직되어 있는지가 둘째로 알고 싶은 일이며, 따라서 그의 방명(芳名)[10]이 무엇인지가 셋째로 궁금한 일이었다.

10) 꽃다운 이름

한참 동안을 이야기를 주고받으면서도 서로의 성명을 말하지 않았다는 것은 재래식의 사교 형식을 짓밟는 반역적 자유형이라면 모르거니와 아직도 처음 대하는 여자의 이름을 알 필요가 없다는 견지에서나 또는 물을 용기가 없다는 자기 자신의 무기력에서 온 짓이라면 너무도 자기는 모던 보이가 아닌 것같이 생각되었다.

그러나 그런 것들의 장난은 아닌 것 같았다.

그 인식 착오의 견해나 그 무기력한 용기 때문이 아니요, 다만 한 개의 자존심 때문이었다고 그는 또렷이 느꼈다.

그는 자기의 입으로 먼저 그 여자의 주소, 성명, 직업 등을 묻기는 도저히 그 자존심이 허락하지 않았기 때문이었다.

그는 사과 상자를 여자 옆으로 밀면서 칼을 내주며 더 깎기를 권한다.

"아니에요! 그만 먹겠어요!"

여자는 굳이 사양한다.

그는 상자를 얹을 생각도 하지 않고 손수건으로 입을 씻고 나서 입을 다물었다.

한참 동안 그들의 사이에는 침묵이 내렸다.

종만은 은근히 여자의 입으로부터 어떤 화제든지 튀어나왔으면 하고 기다렸다.

그러나 여자는 화제를 꺼낼 듯 꺼낼 듯하더니 좀처럼 입을 열지 않는다.

종만은 등을 기댄 채 눈을 가볍게 감았다.

어느 틈에 여자도 졸음이 왔던지 고개를 꾸벅하다가 다시 쳐들어 엷게 감은 종만의 시선을 흔들었다.

3

수원을 지나서부터는 꺼졌던 전등이 마저 켜져서 아까보
다는 딴 세상처럼 밝았다. 자던 승객들도 하나둘씩 일어나
기 시작한다. 조용하던 차 속이 여기저기서 어린아이 우는
소리와 변소를 내왕하는 선잠 깬 듯한 비틀걸음의 발자국
소리와 아울러 점점 두런대는 소리로 시끄러워진다.

　종만은 점점 시끄러워지는 차내의 환경이 몹시 싫었다.
몇십 분 전의 기차 속은 오직 자기의 세상이었던 것이 비로
소 느껴졌다.

　새삼스럽게 대전역이 몇십 분 전에 지나간 것처럼 마치
어떤 꿈을 깬 것과 같이 너무도 시간이 빨리 지나간 게 서
운하였다.

　그는 겨우 서울까지는 한 시간도 채 남지 않은 걸 시
계를 보지 않고도 잘 알 수 있었다.

　변소를 다녀와서 세수를 하고 다시 행장을 거두자면 여

자와의 대화는 몇 마디 더 전개시킬 수 없을 것 같았다. 종만은 그대로 경성에서 이 여자와 헤어져 버린다면 너무도 무미건조한 일이나 아닐까? 하고 초조해진다.

아무것도 보이지 않던 창밖엔 희미한 회색빛 속에 들판과 조그만 산과 게딱지 같은 집들이 어렴풋이 달음 친다.

"아니, 여기는 눈이 안 왔지요?"

여자는 이상하다는 듯이 달음 치는 창밖 풍경을 쳐다본다.

"글쎄요, 기후도 변하는 모양입니다. 금년엔 웬일로 서울보다는 남선[11] 지방이 더 추운 것 같아요!"

종만은 외투를 벗어 못에 걸고 트렁크 속에서 양치 약과 비누와 타월을 꺼내 들었다.

"세수하러 가시죠! 지금 가서서 다른 사람 뒤를 기다려야 되겠는데요!"

그는 여자를 끌고 가고 싶었다.

"네!"

여자는 일어섰다. 선반 위의 트렁크를 내리려고 키를 돋우었으나 얹을 때와는 반대로 힘이 들었다. 종만은 얼른 트렁크를 내려 주었다.

여자는 고맙다는 듯이 빙그레 웃으며 트렁크를 열고 새빨간 셀룰로이드 비눗갑과 새파란 뿔 자루[12]의 칫솔과 반

11) 조선의 남부를 이르는 말
12) 손잡이 부분이 뿔로 만들어졌다는 뜻

절쯤 쓴 네리하미가기[13]와 접은 복숭앗빛의 타월을 꺼내어 놓는다.

그러고는 검정 세루 두루마기를 벗는다.

오렌지빛 하부다에[14] 저고리, 주름을 곱게 세워 다려 입은, 가는 눈의 짙은 남빛 서지[15] 치마는 그의 몸에 알맞게도 어울린다.

종만은 앞서고 여자는 뒤서서 화장대로 걸어갔다.

화장대에는 오륙 명의 남녀가 혹은 우두커니 서고 혹은 칫솔로 이를 닦으면서 세수할 차례를 뺏기지 않겠다는 듯이 신참자를 흘기면서 경계하고 있다.

종만은 칫솔로 왼손 위의 둥그런 갑의 스모카[16]를 찍으려 했다. 그러나 어떤 작자의 발꿈치에 걸려서 양철 갑은 바닥으로 떨어지며 가루를 약간 날리고는 보기 좋게 엎어져 버렸다.

이 바람에 곁에 섰던 그 여자의 가는 눈의 검정 서지 치마에까지 밀가루를 뿌린 것처럼 허옇게 날아 붙었다.

여자는 치마의 가루를 털 생각은 하지 않고 자기의 네리하마가기를 마개를 빼 주며

"좋지 못하지만 이거라도 쓰세요!"

---

13) 튜브 치약
14) 얇고 부드러우며 윤이 나는 순백색 비단
15) 소모사(梳毛絲)로 짠 모직물의 일종. 네덜란드어 서지(serge)에서 온 말로, 일본식으로는 세루
16) 일본의 치약 브랜드

• 스모카 치약 광고(〈조선일보〉 1937년 11월 16일 석간 7면)
• 스모카 치약 광고(〈조선일보〉 1938년 3월 27일 조간 3면)

하면서 미안하다고 사과하는 작자의 얼굴을 노리더니 새파란 칫솔을 문다.

종만은 먼저 세수를 하고 타월질을 하지 않은 그대로 서서 세수 통을 깨끗이 씻은 뒤에 물을 한 통 틀어 놓고 나서 고개를 돌리고는

"자! 여기서 하세요!"

하면서 여자와 그 자리를 교대했다.

종만은 타월로 얼굴을 씻은 뒤에 흩어진 머리털을 포켓에서 빗을 꺼내어 넘겨 빗으면서 삿포로[17] 광고가 수은 물로 쓰인 거울 속을 들여다봤다.

자기의 쓰메에리[18]에도 치분[19] 가루가 날아 붙었다.

여자는 저고리 소매를 두어 번 걷어 올렸는데 통통한 두 팔뚝 살엔 계란 속껍질 같은 윤택이 조르르 흐른다.

차는 어느 틈에 군포 장을 지나고 시흥도 넘었다. 이제는 확실히 바깥이 밝아졌다.

승객들은 하나씩 둘씩 일어나서 짐들을 조사하며 떠들썩한다.

자리로 돌아온 그들은 다시 트렁크를 열고 타월 등속을 집어넣었다.

그러고는 아까와 마찬가지로 어깨가 닿을 듯 말 듯 나란

---

17) 삿포로 맥주
18) 깃을 높게 하여 목을 둘러 바싹 어미게 지은 양복
19) 가루로 되어 있는 치약

히 앉았다.

이야기가 더 나올 것 같으면서도 두 사람 사이엔 고요한 묵상이 계속되었다.

영등포에 가까워지자 건너편의 중국인 남녀가 허둥지둥 일어서면서 포대로 싼 뭉텅이를 선반에서 내린다.

창밖에 지나치는 좌우편의 건물들이며 오고 가는 사람들의 활동 상태가 대도시 경성을 앞둔 만큼 식전부터 긴장된 생활 기분에 잠겨 있다.

"참, 저것이 새로 생긴 비루[20] 회사군요!"

여자는 창밖을 물끄러미 쳐다보면서 입을 연다.

"예, 자본의 힘이란 무섭지요!"

종만은 무엇에 감격된 듯한 어조로 말을 마치고는 물끄러미 거대한 벽돌집의 비루 회사로 눈을 빼앗겼다.

이윽고 차가 플랫폼에 이르자 중국인 남녀가 밀려 나가고 자리가 비었다.

종만은 서서 선반의 트렁크를 내렸다. 먼저 여자의 것을.

두 개의 트렁크는 사이가 좋다는 듯이 등허리를 마주 대고 말없이 주인들을 쳐다본다.

노량진을 지나서부터는 어느 틈에 기차는 철교를 달리느라고 우렁우렁 요란한 소리를 낸다.

"한강 물이 아직도 안 얼었나 봐요!"

여자는 허옇게 내려 흐르는 강물을 내려다본다.

20) 맥주를 가리키는 네덜란드어 비어(bier)의 일본식 발음

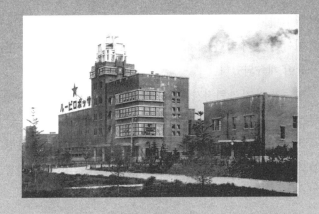

• 조선맥주 영등포 공장의 전경(서울역사아카이브)
• 용산정거장(용산역)(서울역사아카이브)

종만은 다만 멍하고 같이 내려다보며 입을 연다.

"글쎄요!"

종만은 이 여자에게서 좀 더 자극 있는 말마디를 은근히 기다렸다.

용산역에 이르자 차 속은 일층 혼란을 이루기 시작한다.

이 여자와 헤어질 시간이 불과 오륙 분밖에 안 남은 것을 생각하매 종만은 일종의 조그만 환멸과 어떤 옷고름을 잡아매지 못한 것 같은 걸쩍지근한 불만이 떠오른다.

기차는 좌우편의 커다란 집들을 박차면서 목적지에 이르렀다는 듯이 강렬한 기적을 '뛰—' 하고 내뿜으며 역 구내로 헐떡이며 들어섰다.

이윽고 플랫폼에 닿았을 때엔 그들은 뭇사람들의 틈에 섞이어 저절로 승강대를 올라갔다.

아직도 전등엔 젖빛 같은 불빛이 깜빡이고 자다가 뛰어나온 것 같은 출영객[21]들이 출구의 좌우편에 꽉 들어차 있다.

완전히 출구를 벗어난 그들 남녀는 얼굴로 기어드는 식전의 찬 공기를 들이마셨다.

차 속에서는 채 느끼지 못하였던 가는 비가 봄날 기후처럼 푸근하게 정거장 앞 아스팔트 광장을 번지르르 적셨다.

전차에서 내리는 사람들은 우산을 가진 사람이 많았다.

빗줄기는 옷 적시기에 알맞았다.

21) 마중 나온 사람

"때아닌 비로군요! 어쨌든 대합실에 가서 비를 조금 쉬어 가시지요!"

종만의 이 말에 여자는 거절할 수 없다는 듯이 종만의 뒤를 따랐다.

종만은 이등 대합실 문 앞까지 발길이 놓였을 때 눈앞에 무심히 나타난 것은 이 층 식당 층계였다.

대합실을 힐끔 살핀 그는 빈자리가 마땅한 게 없는 것을 보고 식당 쪽으로 걸음을 옮기면서

"기왕이면 비 좀 그칠 때까지 이 층에 가서 쉬는 게 좋겠군요!"

하며 여자의 표정을 살핀다.

여자는 약간 불안한 듯한 기색이 떠올랐으나 이제 와서 어쩔 수 없다는 듯이

"이 층은 식당 아니에요?"

하고선 가벼운 부끄러움에 얼굴을 붉힌다.

식당 식탁을 가운데 두고 젊은 그 여자의 얼굴을 마주 대하고 앉은 그는 여자의 얼굴에서 시선을 피할 목적으로 가끔 좌우로 고개를 돌린다. 서양인 남녀가 우유와 빵들을 먹고 자기들과도 같은 젊은 남녀가 몇 군데 끼어서 역시 우유를 마시면서 빵 조각에 버터를 바른다.

보이가 굽신하고 종만의 앞에 왔을 때엔 그는

"데어쇼쿠."[22]

22) 정식(定食)의 일본 말

하고 버티었다.

실상은 우유에 빵이나 주문하고 싶었으나 초면의 이 여자에게 너무도 자기의 빈약을 보이기는 싫었기 때문이다. 보이가 물러나고 난 뒤에 여자는 고개를 약간 아래로 숙이고 아무 말도 없이 메뉴를 무심히 내려다보고 있다.

종만은 이 여자가 자기의 이 행동을 호의로 해석한다기보다는 오히려 자기를 유혹이나 하려는 계획적 행동인 것처럼이나 혹 오해하지 않을까? 불안스러워지자 공연히 탈선을 한 것도 같아 적지 않은 후회가 떠오르기도 한다.

식당을 나온 그들은 아까보다 더한층 굵어진 빗줄기를 맞으면서 동대문행의 전차를 탔다.

여자는 종로에 와서 안국동을 바꾸어 타느라고 내려 버리고 종만은 그대로 앉아 있었다.

여자가 내린 뒤엔 갑자기 한바탕 꿈속에서 깨어난 것처럼 정신이 아득하였다.

끝까지 그 여자의 주소와 성명을 묻지 않고 또한 자기의 주소, 성명조차 알리지 않고 그대로 무미하게 헤어져 버린 것은 마치 보물을 얻었다 놓쳐 버린 것처럼 서운하고 아까운 일이다. 식당까지 끌고 들어갔던 것은 이 여자의 정체를 알기 위한 시간의 여유를 더 만들려는 그의 의도였다. 그러나 쉽사리 그 여자의 정체를 알 수는 없었다.

그는 그것이 자기의 자존심의 승리라고 스스로 위로하려 했다.

• 화신백화점 앞 종로 네거리 풍경(서울역사아카이브)
• 종로 이 정목 풍경(서울역사아카이브)

• 버스 안내원과 승차권(〈조선일보〉 1928년 4월 22일 석간 2면)
• 버스에 타는 사람들 모습(〈조선일보〉 1928년 4월 23일 석간 3면)

어디서든지 또 만날 기회가 있을 것만 같은 한 줄기 미련이 그 여자에게 대한 그의 신념이 되었다.

그는 어느 틈에 전차가 종로 오 정목[23]에 닿자 허둥지둥 내려서 동소문 가는 버스를 탔다.

버스엔 사람이 많이 탔다. 그는 트렁크를 두 다리 앞에 모서리로 세우고 서서 천장의 손 고리를 붙들었다. 아까까지 그 여자의 트렁크와 배와 배를 마주 대고 빙그레 웃는 듯했던 자기의 트렁크. 그 옆모서리엔 자기도 새삼스럽게 찾아낼 수 있는 끼운 지 오래인 듯한 자기의 명함이 눈에 띄었다.

"김종만."

조그만 이 세 활자가 그 여자의 눈에나 띄었다면? 하는 한 줄기 가는 희망과 미련이 머리를 번개처럼 지나치자 벌써 버스는 자기가 내릴 이화동에서 스톱을 한다.

23) 종로 5가

4

사흘이 지났다.

그는 삼 학기 한 단위 남은 희랍어 강의를 들으려고 벽에 걸렸던 모자를 벗겼다. 이웃 방의 법과 박 군의 장난이었는지 사각모 한가운데를 돈짝[24]만큼 가위로 동그랗게 오려 내었다.

"인제 모자 벗을 날도 며칠 안 남았는데 어떤가?"

박 군은 휘파람을 불며 구두끈을 매고 있다.

"에그, 친구, 실없이 무슨 장난이야!"

종만은 그다지 화를 내지 않고 예사로 그와 어깨를 겨누면서 K 대학 정문 앞에 다다랐다.

졸업할 날이 불과 일이 개월 남짓한 종만에게는 지나간 소학 시대부터 학창 생활이 새삼스럽게 지루한 듯하다가도 오히려 꿈같이 지나간 어떤 순간처럼 안타깝게 그리워

24) 엽전의 크기

지기도 한다.

여덟 살에 그는 고향인 경주에서 보통학교에 들어갔다. 지금 그는 스물다섯. 실로 십팔 년 동안이란 긴 세월을 배움의 사다리를 밟아 올라올 때 그는 비교적 학비에 대해서는 그다지 큰 난관이 없었다.

그의 아버지는 경주의 한문학자로서 유명한 유암(幽岩) 김명세 씨였으며 그의 형은 뚱딴지처럼 그 아버지의 도움을 받지 않고 툭 튀어나와서 자수성가한 경주 일대의 소위 모범적 실업 청년인 종태였다.

그의 아버지는 이 두 아들의 방향을 잡아 줄 때 자기의 오십 년 내의 인생관을 기울여 사고를 거듭한 결과 대용단으로 작은 아들인 종만이만은 자기의 집을 팔아서라도 최고 학부까지 마치게 하려고 결심하였었다.

그는 대구에서 중학을 마치자 바로 경주서 들기 싫은 장가를 들고 서울로 올라와서는 대학 예과를 들었었다.

이번 그가 고향에 내려갔을 때엔 작년까지 있던 자기네의 기와집은 누구에게 팔아 버리고 조그마한 방이 서너 개 있는 초가집으로 옮겨 앉은 데에 새삼스럽게 놀랐다.

그것은 자기를 최고 학부까지 공부를 계속하게 하여 주기 위한 그의 가정의 최후의 수단이었다고 그는 적이 감격되었다.

그는 그만큼 자기 아버지에게 경의를 표하는 한편 너무도 대학 생활에서 얻은 것이 없는 데에 허무한 환멸과 양심의 가책을 받았다.

"4월 안으로는 어디든지 취직이 작정됩니다. 염려 마세요."

종만은 이번에 그의 아버지와 어머니를 위로하기 위하여 이런 말을 했다. 그 말을 곁에서 듣던 그의 아내는 애수에 잠긴 얼굴에 가는 희망의 빛을 띠었다.

종만은 이런 것들을 생각하며 박 군과 함께 학생 하카에 시스[25]를 들어섰다.

게시판에는 휴강 패가 죽 늘어 붙었다.

고향에서 얻어 보지 못한 신문의 신년호를 한바탕 훑으면서 그는 금년의 취직 전선에 백열전(白熱戰)[26]이 일어날 것 같은 예감을 일으켰다.

사람은 먹어야 산다. 먹기 위해서 일을 하지 않으면 안 된다. 그는 이 진리를 모르지 않기 때문에 자기의 취직 문제를 걱정하지 않을 수 없는 터였다.

소위 최고 학부를 졸업하고도 일자리가 없어 거리의 룸펜이 되고 말게 된다면, 아니, 그렇게만 되고 말 것이 자기의 몇 달 뒤의 운명일 것만 같다.

자기는 백열전이 일어날 취직 전선에서 암만해도 패잔병이 되고 말 것 같다.

자기의 취직 문제를 위하여 배후에서 적극적으로 활동

25) 대기실을 가리키는 일본 말
26) 온갖 재주와 힘을 다하여 맹렬히 열정적으로 싸우는 싸움이나 경기

• 경성제국대학 본부 및 법문학부 전경(오늘날의 종로구 이화동)
(서울역사아카이브)

해 줄 한 개의 친밀한 과장도, 교수도 자기는 갖지 못했음을 잘 알고 있다.

그것은 그가 사람의 앞에서 자기의 머리를 백번 숙이고 애걸할 만한 집착력과 생존력을 갖지 못했기 때문이었다.

그것을 그는 자기의 쓸데없는 자존심의 발작이라고 생각해 내려왔다.

자기는 이번 겨울에 무엇 때문에 고향엘 갔다 왔는지도 잘 안다.

부모가 그리워서? 아니었다. 경주의 산천이 그리워서? 그것도 아니었다. 그럼 아내가 그리워서? 그것은 더구나 아니었다.

자기가 취직을 하면 아내를 자기에게 데리고 와서 뿌리치고 갈 전조를 막기 위해서 갔다 온 자기였다.

실로 기막힌 일이라고 자기는 자기에게 질문했다.

'너는 왜 네 아내를 싫어하느냐?'

'그것은! 그것은 애정이 없기 때문에…….'

이윽고 자기는 자기에게 대답했다.

그는 마침 애정 비극을 취급한 어떤 사회면의 기사에 눈을 빼앗기자 스르르 장가들 당시의 광경이 떠올랐다.

오 년 전의 그는 스무 살의 피 끓는 청춘이었다.

그는 연애 자유와 결혼 자유를 부모 앞에 부르짖었다. 한문학자인 그의 아버지와 신구 충돌이 벌어졌다. 중간에 서서 화해를 꾀한 것은 그의 어머니였다.

"장가만 들어라. 그럼 대학까지 보내 주마!"

그는 이 말에는 달큼하였다.

중학을 졸업한 그에게는 상급 학교로 갈 맘이 꿈같았으나 그때의 예정으로서는 조그마한 하급 월급쟁이로 취직해 가지 않을 수 없는 형편이었다. 말하자면 그만큼 그 아버지는 완고했었다.

대학을 보내 주겠다는 말에 그는 결혼하기로 승낙했다. 그는 생전 말도 해 보지 않던 자기보다 두 살 아래인, 학교라고는 보통학교 3학년엔가 다녔다는 계집아이에게 갑자기 장가를 들어 버렸다.

그는 결혼의 중요성보다도 대학에 가는 것만이 기뻤다.

그리하여 그는 약속대로 대학에 들었으나 생각하면 가없은 것이 자기의 아내로서 들어온 그 여자였다.

그는 자기의 아내를 불쌍한 존재라고는 인식한다.

그러나 그에게 애정을 느낄 수는 없었다.

실상은 연애 사상을 모르면서도 연애 자유를 찾을 때의 그의 총각 시절에는 몇몇 계집애들이 철없이 따랐었다. 그럴 때마다 그는 그것들의 이성의 힘에 이끌려 가리지 않고 그대로 아내를 삼고도 싶었었다.

그렇게 비교적 괴팍이 적은 듯한 자기가 왜 지금의 그 아내에게 애정을 느낄 수 없나? 실로 마음의 장난이란 알 수 없는 것이 아닐까. 그는 이러한 명상에 잠겨 있다가 어디서 툭 튀어 들어오는지 급사에게 눈을 돌렸다.

"김종만 씨! 전화가 왔습니다!"

하고 그는 빙그레 웃으면서 자기를 쳐다본다.

"전화?"

그는 벌떡 일어서면서 자기에게 전화 건 사람이 누구인지 궁금하다는 듯이도

"누구인가?"

하고 급사에게 물었다. 급사는 빙그레 웃기만 하고 자기의 옆을 따라온다. 수화기를 귀에 대고

"네! 누구십니까?" 하고 말하기가 바쁘게 그는 수화기에서 흘러나오는 소리가 명랑한 여자의 목소리인데 선뜻 놀랐다.

그는 얼른 며칠 전의 기차 속의 여자를 연상했으나 그 여자의 음성은 아닌 것 같다. 더구나 자기의 이름을 알 까닭이 없다고 단정해 버리자 문득 나타나는 것은 자기에게 영어를 더 좀 배우겠다고 이 학기 동안 몇 번 찾아온 일이 있는 평양 출생인 경옥과 보전이었다.

"누구세요? 좀 더 크게 말씀하세요!"

그는 갑자기 고장이 생긴 것 같은 음파의 변조를 느끼자 커다랗게 소리를 지르고 이맛살을 약간 찌푸리며 조금 커지는 여자의 목소리에 귀를 기울였다.

또렷이 들려오는 육성, 그것은 확실히 여자의 음성이라고 느껴지자 종만은 또 한 번 번개처럼 차 속의 그 여자를 연상했다. 그리고 의심할 필요도 없다는 듯이

"네! 네! 알겠습니다. 천만에요……."

하고는 다음 음성을 기다렸다.

"네? 하하, 그러세요! 제 신분증명서가요……."

반문하는 종만의 한 손은 자기도 모르게 외투 안주머니 속으로 기어들어 갔다.

들어 있을 줄만 알았던 신분증명서는 아니나 다를까 없었다. 어떻게 돼서 신분증명서가 그 여자의 트렁크 속에 떨어져 있게 되었던가? 하고 일변 이 기적적 사실에 놀라면서 그는 다시 대답을 했다.

"네! 우편으로요? 그럴 것은 없습니다. 제가 마침 그쪽에 갈 일이 있으니까……. 네, 그럼 곧 가겠습니다. 북악유치원이죠?"

종만은 전화를 끊었다. 전화실에서 나오면서 그는 신분증명서를 넣어 두었던 곳이 틀림없는 외투 속주머니였는데…… 하고 전일의 경주역에서 차표를 살 때 역원에게 보이고 난 뒤 넣어 두었던 기억이 또렷하게 떠오른다.

신분증명서는 얇은 투명체의 납작한 셀룰로이드 슈스[27]에 쓰다 남은 몇 장의 도서관 열람권과 같이 넣어 두었던 것이다.

아무리 미끄러운 셀룰로이드 슈스이었기로 외투를 거꾸로 들기 전에는 그것이 스르르 하고 흘러나올 리가 없으리라고 생각된 종만은 전날의 차 속 정경이 어느 틈에 스르

---

27) 서류 등을 보관하거나 철(綴)하기 위한 클리어 홀더를 가리키는 일본 말

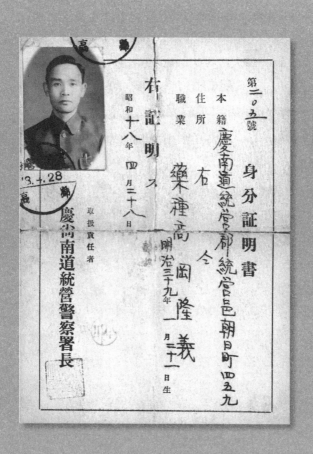

第二〇五號　身分証明書

本籍　慶南道統營郡統營邑朝月町四五九

住所　右仝

職業　藥種商

高　岡　隆　義　明治三十九年一月二十一日生

右証明ス

昭和十八年四月二十八日

取扱責任者

慶尚南道統營警察署長

• 1943년 발행된 신분증명서(국립민속박물관)

르 눈앞에 떠올라 왔다.

그 자리의 어떤 부주의로 신분증명서가 든 이 슈스가 비로드[28]의 암체어 바닥에 떨어졌었으나 그가 모르고 깔고 앉았었으므로 어떤 기회에 밀려서 뒤로나 옆으로 미끄러졌을까? 아! 옳거니, 그가 세수를 하려고 그가 읽고 있던 잡지를 덮지 않고 그대로 엎어서 곁으로 놓고⋯⋯. 그리고 트렁크를 내려 암체어 바닥에서 칫솔과 타월을 내었것다? 혹시 이 틈에 슈스가 밀려서 잡지의 벌름해진 페이지를 가르고 들어가게 되었던 것이 아닐까? 그것은 너무나 기적적인걸! 아! 가만있자, 내가 그 여자의 트렁크 위에 외투를 걸쳐 둔 일이 있었것다? 이때 외투 주머니의 위치의 잘못으로 슈스가 그 트렁크 속에 흘러진 게 아닐까?

종만은 그렇게도 생각해 보았으나 그것은 그럴듯한 기적도 같으면서도 어쩐지 믿을 수 없는 부자연한 일도 같았다. 그렇다면 혹 이 여자가 그것을 주워 가지고도 일부러 능청맞게 이제야 자기에게 전하려 함으로써 어떤 로맨스나 만들어 보겠다는 호기심의 연극이나 아닐까? 어쨌든 사건의 전개가 이상해진 데 일종의 흥미를 느끼면서 그는 대학 정문 앞 버스 정류장까지 발길을 옮겨 나왔다. 햇볕이 구름에 가렸는데도 겨울날로서는 너무나 푸근하였다. 힘없이 그리고 소리 없이 스르르 자기의 얼굴에 이따금 무엇이 포르르 기어 앉는 걸 깨달았다. 하얀 눈송이였다.

28) 우단. 벨벳

5

깊은 산 숲속에서 이름 모를 새가 마음껏 지저귀는 것처럼 피아노의 멜로디가 가늘게 들려오는 북악유치원 정문 앞에까지 발길을 옮겨 놓은 종만은 새삼스럽게 가슴이 떨리기 시작한다.

벽돌로 새로 지은 커다란 원사는 두어 종류의 그넷줄과 신형의 미끄럼대를 사백여 평의 널찍한 운동장에 여기저기 설비해 놓고 전후좌우의 민가들을 누르고 섰다.

종만은 정문을 들어서서 강당 쪽으로 발을 옮겼다. 아직 개원을 안 했음인지 운동장에는 사흘 전에 온 하얀 눈에 발자국조차 몇 개 없이 그대로 깔려 있다.

주춤하고 현관 앞에 그림자를 나타낸 종만은 뒤꿈치를 돋우면서 힐끔 유리창 속의 강당 안을 살폈다.

어느 틈에 피아노 소리가 뚝 끊겨 버리더니 강당을 걸어 나오는 구두 발자국 소리가 뚜벅뚜벅 종만의 귀를 울리자

마자 현관문을 열고 선뜻 나타난 것은 틀림없는 기차 속의 그 여자였다.

여자는 빙그레 웃음을 띠면서 종만의 말이 채 나오기 전에

"전화로 오시라고 여쭈어 미안합니다……."

가늘게 허리를 굽혀 인사를 한다.

"천만의 말씀을! 오히려 바쁘신 모양인데 찾아와서 미안합니다."

종만은 모자를 벗어 굽신하고 답례를 한다.

"이쪽으로 오세요!"

여자는 종만을 직원실로 안내한다.

직원실은 강당 뒤편으로 쑥 들어가 따로 떨어져 있다. 직원실 문을 열고 들어서자 난로의 더운 기운이 홱! 하고 몸에 스며들고 구리 주전자 주둥이로 나오는 보리차 끓는 김이 구스름하게도 종만의 코를 찌른다.

"아직 개원 안 하셨지요?"

종만은 여자가 끌어다가 난로 앞에 놓아 준 의자 위에 앉으면서 입을 열었다.

"네! 아직도 사흘이나 지나야 시작하게 돼요!"

여자의 말을 듣자 그는 번개처럼 일종의 이상한 예감이 떠올라 왔다. 개학 날을 일주일씩이나 앞두고 무엇 하러 일찍 뛰어 올라왔나? 까닭 없이 궁금해졌다. 아마도 이 여자가 고향의 부모나 형제에게 대한 애착이 없거나 그렇지 않

으면 서울에 일찍 올라오지 않으면 안 될 사정이 있는 여자인데 틀림없는 일이라고 생각을 키웠다.

종만은 쓸데없는 데까지 자기의 심리가 움직여지는 것을 스스로 누르면서 사진과 직원 명부가 걸린 벽으로 눈을 옮겼다.

높직이 커다란 사진 틀에 끼운 사진은 어떤 뚱뚱한 중년 신사의 확대 사진이었다.

뚱뚱보는 안경을 썼다. 알이 타원형이요 테가 가는 것으로 보아 금테나 백금테인 모양이다. 그는 연미복을 입고 머리에는 실크 모자를 썼다. 그리고 배꼽 위의 상반신만을 내놓고 싱겁게도 웃고 섰다.

"저분이 원장이신가요?"

"네, 그렇답니다. 백관철 씨라는 분이죠."

"백관철 씨요?"

종만은 어디서 많이 들은 것만 같은 이 이름을 뇌이면서 기억을 풀어 봤다.

어느 틈에 여자는 깨끗하게 씻은 찻잔에 끓는 주전자 주둥이를 기울인다. 검붉은 보리차의 빛은 언뜻 보아 커피차를 연상시켰다.

여자가 권하는 차를 훌훌 마시면서 그는 또 한 번 벽으로 눈을 주었다.

검정 나무 조각에 붉은 먹으로 써서 끼운 직원 명부 판엔 원장 이하 보모 찬조원, 고문, 모두 쳐서 십여 명이 넘는다.

종만은 그중에서 이 여자의 성명을 찾을 수 있다는 것을 생각하매 슬며시 쾌감이 떠올랐다.

이윽고 '보모 손보라(孫保羅)'라는 패가 또렷이 눈에 띈다.

그가 여기에 현직하고 있는 이상 틀림없이 그는 손보라일 것이라고 생각되었다. 서로 직접 성명을 교환하지 않고도 저절로 알게 된 사실을 생각하면 일종의 우스운 인연이었다고 그는 빙그레 만족한 웃음을 떠었다.

"원아들이 몇 명이나 됩니까?"

"팔십 명 남짓해요!"

"조수는 몇 분인가요?"

"조수는 두 분 있었는데 이 학기부터 한 분은 병이 나서 나오지 않아요!"

"그럼 퍽 힘이 드시겠군요!"

"그래도 지금은 갓 입학했을 때보다는 누워서 떡 먹기예요!"

"대체 월사금은 얼마나 받습니까?"

"이 원 오십 전씩이에요."

"이 원 오십 전이요?"

종만은 깜짝 놀라며 음성을 높인다.

"시골보다는 좀 많은 것 같지만 대개가 중산 계급 이상의 자녀들이니까 월사금 수입은 아무 문제가 없어요."

보라는 여기까지 말을 하고 나서 주전자의 찻물을 또다

시 종만의 잔에다 따른다.

하늘빛 색 숙소[29] 저고리 소매 속에서 버밀리언[30] 빛깔의 털 내의가 살포시 종만의 시선을 자극하고는 숨는다.

"보육학교 다니실 때의 이상 그대로를 발휘하실 수 있어요?"

종만은 이렇게 물으며 대답을 기다렸다.

"이상을 발휘할 수 있느냐고요?"

보라는 약간 대답하기가 힘들다는 것 같은 표정을 하다가

"제게 이상이 있어야지요, 뭐!"

하고 빙그레 웃음을 띠면서 다시 말을 잇는다.

"사실 학창 시대의 이상과는 아주 어그러져 버렸어요!"

"그러시겠지요. 학창 시대의 이상과 실제 현실과는 너무도 거리가 머니까요."

종만은 마치 세상의 맛을 경험한 선배나 된 듯이 맞장구에 자신을 가졌다.

"요즘 사회에서 보육 문제가 상당히 논의되는 모양인데 거기 대해서 실제 경험담을 좀 들려주실 수 없어요?"

마치 자기가 어떤 신문이나 잡지 기자가 되어 그를 방문이나 하러 온 것처럼 이 순간 그는 너무 화제가 평범한 곳으로 기울어진다는 것을 느낄 수 있었다. 그러나 이 자리에

29) 삶아 익힌 명주실로 짠 갑사
30) 주홍색

서 보라와 주고받을 만한 이야기란 결국 이런 종류의 유치원이나 보육이나 보모에 관한 것들 이외에는 별로 적당한 화젯거리가 없으리라고 생각되었기 때문이다.

아무 이야기라도 나오는 대로 떠벌리기에는 아직도 그와의 교제가 일천한 데서 오는 어색이 있을 것 같은 것이 종만의 이 자리에서의 염려되는 바였다. 그것보다도 자기는 도대체 여자에게 먼저 머리를 숙이기 싫은 자존심의 버릇이 이 자리에서도 머리를 쳐들고 일어난 것 같다.

보라는 어려운 문제를 묻는다는 듯이 정색을 하다가는 부드럽게 입을 연다.

"뭐, 체험이랄 게 있나요, 이제 겨우 일 년 남짓한 걸 가지고요!"

약간 고개를 수그린 보라의 이마를 건너보던 종만은 너무 그 질문이 광범한 듯해서 다시 범위를 줄였다.

"나는 유치원 교육에 대한 이론도 잘 모릅니다마는 요새 유치원 교육을 반대하는 사람들도 있지 않아요? 그것을 어떻게 생각하십니까?"

"반대하는 이유가 상당한 줄 알아요! 지금 내가 유치원에 취직하고 있으면서 유치원 교육을 반대하는 이론을 긍정한다면 웃을 사람이 있겠지요!"

그는 무엇을 폭로하려는 것 같은 의기를 보인다.

"그야 그렇지 않다고 볼 수 있겠지요. 마치 아버지는 자식의 몸을 키워 준 은인이지만 그의 자신에 비인간적 요소가 숨어 있는 것을 발견할 때 벌써 그는 은인이라는 관념을 떠나서 그 아버지를 위선자로 증오할 수 있는 거나 마찬가지지요!"

종만은 마치 어떤 사회 심리학을 강의하는 것같이 소리를 높였다.

"말하자면 지금과 같은 현상으로 유치원을 경영한다면 오히려 없는 것만 같지 못하다고 저는 생각해 본 때가 있어요!"

보라는 어떤 굳센 주견이 섰다는 듯이도

"첫째, 지금의 유치원 경영자가 참으로 유아의 보육을 위한 진심에서 출발했나 안 했나부터 생각해 볼 문제지요. 둘째, 지금의 유치원 교육의 내용 문제지요. 물론 나보다는 다들 훌륭한 기술을 가지고 유아의 보육에 직면했겠지만 유치원 교육은 너무도 허위와 가식과 형식에 치우친 점이 많지 않아요. 혹 보셨을는지 모르지만 해마다 하는 유치원 연합 운동회만 하더라도 예를 들자면 원 안의 복장의 통일 같은 데에 가장 중요한 관심을 둔 것 같은데 이는 얼마나 유치원 교육 내용이 다만 형식만, 다만 참관만을 위한 치우친 것이라는 것을 알 수 있을 것이에요! 그리고 셋째, 지금의 유치원은 그 입학하는 아이가 적어도 중산 계급 이상의 아이들이 아니면 도저히 치다꺼리를 할 수 없죠! 그러니까 일반 무산 계급층은 감히 지원도 못 하지요."

보라의 관찰이 정당한 관찰이라고 탄복했다는 듯이 종

• 경성유치원 모습(〈매일신보〉 1917년 9월 27일 3면)
• 경성유치원 모습(〈매일신보〉 1917년 1월 3일 3면)

• 1930년대 유치원생 모습(〈조선일보〉 1934년 5월 18일 조간 5면)
• 1930년대 유치원생 모습(〈조선일보〉 1936년 5월 16일 석간 3면)

만은 빙그레 웃음을 표하였다.

종달새처럼 아이들에게 노래나 가르치는 것이 조선의 젊은 보모려니, 나비처럼 아이들에게 춤이나 가르치는 것이 조선의 젊은 보모려니 하고 너무도 '보모'란 존재를 과소평가해 내려온 종만은 보라로 하여금 인형적, 기계적 보모층에서 한 걸음 앞선 인텔리 보모로 보지 않을 수 없었다.

종만은 갑자기 자기의 태도를 가지기가 거북해졌다. 상대자가 섣불리 여길 수 없는 실력을 가진 만큼 까딱하다가 자기의 서툰 탁상공론이 나오면 망신을 당할 것 같은 염려와 아울러 일종의 자기 경계가 스스로 떠올라 왔다.

난로 속 석탄이 불이 붙느라고 흐르르 소리가 조용한 직원실 공기를 흔든다. 주전자의 찻물은 제멋대로 끓느라고 뽀얀 김을 주둥이로 힘차게 내뿜으며 부글부글 뚜껑을 들먹거린다.

6

신분증명서의 슈스를 보라로부터 받아서 단단히 넣고 나자 오정을 알리는 사이렌이 '웅' 하고 요란스럽게 하늘을 울릴 때, 밖에서 뚜벅뚜벅 구두 발자국 소리가 나면서 십사오 세의 소년이 문을 열고 들어온다. 소년은 힐금 종만을 쳐다보다가 다시 눈을 보라에게로 옮기며

"비가 와요."

하고는 의자 한 개를 가지고 종만의 뒤로 돌아간다. 소년은 벽에 걸린 시계의 태엽을 감느라고 쪼르르쪼르르 소리를 낸다. 그는 급사인 모양인지 시계의 태엽을 다 감은 뒤에는 난로 문을 열어 보고 석탄을 집어넣으려고 한다.

"그만두어라!"

보라는 종만에게로 눈을 옮기며

"아유, 비가 제법 오는데요!"

하고 의자에서 일어난다.

종만도 따라 일어난다. 개학도 하지 않은 남의 유치원 직원실에 두 시간이 넘도록 맥없이 석탄을 태우고 앉았다가 열없기도 하려니와 비가 제법 오는 줄도 모르게 옷 젖기 좋을 만큼 자리를 잡았으매 우비가 없는 자기로서는 실없이 걱정이 되어 왔다.

보라는 벌써 인스피레이션[31]이 발작되었다는 듯이 급사에게 자기 하숙에 가서 우산을 가지고 오라고 명령한다.

"선생님 방 안에 있어요?" 하고 소년은 문을 붙들고 서서 보라의 지시를 기다린다.

"그래, 주인에게 내 달라고 하든지 네가 들어가서 내오든지! 그리고 주인집 것 한 개 더 얻어 오란 말야!"

소년은 문을 열고 나갔다.

겨울날의 천기는 믿을 수 없었다. 바람 없던 날씨가 갑자기 바람까지 몰아오는지 직원실 창을 드르렁하고 흔들고는 윙 하고 울면서 스르르 사라져 버린다.

이십 분쯤 지난 뒤에 소년은 문을 열고 들어왔다. 소년의 한 손에는 양산이 한 개뿐이었다.

"주인이 쓰고 갔다고 없대요!"

소년은 양산을 접은 그대로 들고 왔음인지 옷이 후줄근하게 젖었다.

"왜 받고 오지 그대로 왔니?"

소년은 보라의 이 말을 듣는 둥 마는 둥 난로 곁에서 옷

31) 영감

을 말린다.

　소년의 젖은 옷자락에서는 푸른 김이 모락모락 올라온다.

　우산이 왔으니 더 앉았을 필요를 느끼지 않은 종만은 의자에서 일어섰으나 그렇다고 한 개밖에 없는 우산을 자기만 혼자 받고 간다는 것도 염치없는 일이었으며 그렇다고 그대로 자기는 비를 맞고 우산을 사양하기도 또한 보라의 성의에 대접이 아닐 것 같았으므로 보라의 눈치만을 말없이 살피면서 가만가만 마루 위를 거닐며 밖을 내다봤다.

　"저, 가시지요!"

　보라는 두루마기 고름을 다시 잡아매고 종만을 쳐다본다.

　종만은 엉거주춤할 게 아니라는 듯이 사각모를 집어쓰고서 보라의 뒤를 따라 문을 밀었다.

　갑자기 찬바람이 휙 하고 뺨을 스친다. 보라는 접었던 양산을 사르르 펴면서

　"자, 받으셔요!"

　하고 종만에게 내민다. 처마 끝 낙숫물이 주르르 하고 우산 위를 흘러내려 떨어진다.

　"아닙니다, 받으십시오!"

　종만은 사양하였으나 보라는

　"아니에요, 저 있는 곳은 바로 이 이웃이니까 비 좀 맞아도 관계치 않아요!"

　하고 여전히 우산을 권한다.

　종만은 어쩔 수 없이 받았으나 혼자만 받고 가기는 거북

하였다.

"그럼 같이 받으시죠!"

종만은 비로소 용단을 내어 우산을 들고 보라에게로 가깝게 다가섰다.

보라는 별로 불쾌스럽지 않다는 표정으로, 그러나 조금 부끄러운 듯이 우산 안에 기어들어 온다.

갑자기 파우더 냄새가 종만의 코를 찌르자 그는 이 순간 이상한 쇼크를 느꼈다.

자기가 받기는 했지마는 실상은 보라 쪽으로 우산 잡은 자기의 바른손이 훨씬 더 기울어져 갔다.

보라는 자기가 바짝 다가서지 않았기 때문에 자기 쪽으로 우산이 기울어져서 밸런스를 잃게 되어 종만의 왼편 쪽 어깨 밑으로 빗방울이 우산에서 떨어져서 흐르는 것을 발견하자 깜짝 놀라며 훨씬 종만의 편으로 가까이 대어 들었다.

종만은 비로소 우산의 밸런스를 바로잡았다. 물 고인 마당 바닥에서 높은 턱만을 내디디며 정문을 다 오기까지 그들은 가끔 어깨와 어깨가 서로 닿았다.

"그럼 제가 댁 문 앞까지 가지요!"

종만이 이렇게 말을 하자 보라는

"예, 바로 요 이웃이에요!"

하고는 화동 골목으로 들어선다.

큰 골목을 옆으로 끊고 적은 골목을 북쪽으로 올라가서 어떤 막다른 집 대문 앞에 다다르자 그는

"이 집이에요!"

하고 발길을 멈춘다.

"예! 들어가십시오, 너무 폐만 끼쳤습니다."

종만은 우산을 빌려 가겠다는 말을 하려다가

"아유, 외투에 비 맞으신 것 보세요! 저런!"

하고 새삼스럽게 놀라는 보라의 표정에 정신을 빼앗겼다.

"기왕 오셨으니 잠깐 쉬어 가시죠. 그리고 외투에 비 맞으신 것을 터셔야겠어요!"

종만은 보라의 친절에 그만 얼떨떨해 버렸다. 그리하여 별로이 사양치도 않고 보라의 뒤를 따라 들어갔다.

보라의 사람을 대하는 태도는 아무리 보아도 평범하지 않았다. 확실히 탈속한 여자라고 종만은 그 순간 또 한 번 느꼈다.

보라가 있는 방은 문간 턱을 지나서 안마당으로 들어서서 또다시 왼쪽으로 쭉 들어간 뒤꼍에 외떨어진 조용한 딴 방이었다.

보라는 툇마루 위에다 구두를 벗어 놓고 덧문을 잡아 벗긴 뒤에 드르렁하고 미닫이를 열어 놓고 종만에게 올라오기를 청한다.

종만은 왼쪽이 젖은 외투를 먼저 벗어서 툇마루에 걸치고 들어갔다.

방 안의 전등은 퍽 고결하고 단정하였다. 윗목엔 바닥을 녹색 벨벳으로 덮은 테이블이 조그만 회전의자와 함께 놓여 있고 그 곁으론 제법 큰 괴목 나무의 책상이 문을 닫힌 대로 우뚝 서 있다.

종만은 다시 테이블 위에로 선뜻 눈을 옮겼다. 제법 자란 수선화 분이 새침을 띠고 잉크병, 압지[32], 필통 등이 제 놓일 자리에 얌전히 놓여 있다.

종만은 시치미를 떼고 고개를 수그리며 보라가 깔아 준 방석 위에 앉았다.

보라는 다시 밖으로 나가더니 한참을 들어오지 않았다.

보라가 없는 틈에 종만은 거침없이 방 안을 휘휘 둘러봤다.

무엇보다도 종만은 보라가 어떤 책을 읽는가? 하고 책장을 도적해서 열어 보려 허리를 길게 뺐고 책장 문을 열려 했으나 이미 단단히 잠겨 있었다.

테이블 위에 꽂아 놓은 몇 권의 책은 그의 직업에 필요한 아동 문제 강좌와 동요 곡집과 아직 언저리에 때가 많이 묻지 않은 몇 종류의 잡지 등속이었다.

종만은 여자가 있는 방치고는 너무 방 안 살림이 간단한 데 일종의 의심이 생겼다.

반침(伴寢)이 있는 방이니 잡동사니는 모조리 거기에 집어넣었을까도 싶으나 여자의 방으로서 화장 도구가 방

---

32) 잉크나 먹물 따위로 쓴 것이 번지거나 묻어나지 아니하도록 위에서 눌러 물기를 빨아들이는 종이

안에 없는 것은 이상하였다.

그다지 화장을 하지 않나? 그렇지도 않은 편이었다.

'아마 테이블 서랍에 화장 도구가 들었는지도 모르겠군!'

그는 이렇게 생각하면서 자기가 앉은 바로 뒷벽에 걸린 사진틀을 무심코 쳐다보았다.

얼굴의 윤곽들이 똑똑히 보이지 않으나 어떤 전집 비화(扉畵)[33]에서 매어 모은 것 같은 학자, 사상가, 예술가들의 얼굴들이었다.

종만은 그 가운데서 톨스토이와 셰익스피어와 칼 마르크스와 로자 룩셈부르크와 사로지니 나이두와 페스탈로치와 칸트와 베토벤의 얼굴만은 똑똑히 찾아낼 수 있었다.

그가 이런 사람들의 사상이나 예술을 사랑하고 존경하기 때문에 걸어 둔 것일까? 그렇다면 아직도 보라는 그의 사상에 어떤 체계가 서지 않았을 것 같다고 간단히 느껴지면서도 그는 다만 릴리앙[34]으로 문화 자수[35]한 풍경이나 한 장에 삼사십 전 가는 무명 화가가 그린 판화 따위를 즐겨 사다가 방 안 치장을 하는 여자들, 소위 교육받았다는 이들과는 그 값을 비할 게 아닐 것이라고 느꼈다.

발자국 소리가 가까이 들려오자 종만은 둘러보던 시선

33) 양장 서적의 겉표지 안쪽 면에 장정한 그림
34) 자수 실의 종류
35) 1930년대 초 일본에서 들어와 널리 유행한 자수 기법

을 방바닥으로 내려보고 시치미를 떼었다.

보라가 문을 열고 들어올 때는 종만은 벌써 보라의 한 손에 과자 쟁반이 들려 있는 것을 직각했다.

"무얼 과자까지 또 사 오셨습니까그려!"

종만은 보라의 얼굴을 힐끔 쳐다보았다.

"변변치 않은 것이에요……."

보라는 쟁반을 종만에게로 밀어 놓는다.

종만은 과자를 좋아하지는 않는 편이었다. 차라리 담배 를 사 오는 편만 못했다고 생각하면서 여러 종류가 뒤섞인 양과자 중에서 초콜릿 한 개를 벗겼다.

보라는 다시 밖을 나가더니 얼마 안 되어 찻주전자와 컵 을 가지고 들어온다. 그러고는 김이 나는 찻물을 컵에 따라 놓는다.

종만은 일변 불안한 생각이 날 만큼 보라의 친절에 머리 가 아팠다.

"인제 그만 나가시죠!"

종만의 이 말에 또 일어서려던 보라는 방긋 웃음을 띠면서 "네! 잡수세요!" 하고 두루마기 포켓에서 열쇠 꾸러미를 꺼내더니 책장 문에서 열쇠를 돌린다.

종만은 무엇을 또 끄집어내려고 하나 하고 시선을 옮겼 다. 문이 열리자 선뜻 느낄 수 있는 것이 문학서류와 사상 서류가 책장의 대부분을 점령한 것이다. 보라는 맨 밑층에 서 두어 권의 앨범을 끄집어낸 뒤에 다시 문을 닫는다.

앨범을 구경시켜 주려는 모양 같아서 은근히 마음이 기뻤다.

"심심하셔서……. 이거나 보세요!"

보라는 예상한 대로 앨범을 종만의 앞에 내놓는다.

"네! 고맙습니다."

종만은 고개를 갸우뚱하고 나서 한 손으로 앨범을 끄집어내서는 첫 장을 넘겼다.

앨범에 붙인 사진 가운데서 종만은 누구보다도 보라의 얼굴을 찾으려고 애썼다. 그는 별로 혼자서 찍은 것은 없었고 옛날, 적어도 십 년 전쯤 옛날에 찍은 듯한 소녀 시대의 퇴색된 사진을 (각기 그 포즈를 달리한) 몇 장 찾아낼 수 있었다.

'소녀 시대와는 아주 딴판이시군.'

종만은 변천의 무상을 느꼈다는 듯이 조금 센티한 기분을 띠면서 다음 장을 넘기기 시작했다. 사진은 연대순으로 끼워져 있었다. 그의 학생 시대의 사진을 몇 장 내려볼 수 있는 그는 다음 장에서는 정녕코 최근의 그의 얼굴을 찾을 수 있으리라고 예감하였다.

종만은 끝으로 서너 장 남은 데까지 앨범을 훑어가다가 뜻밖에

"인제 그것은 그만 보세요!"

하는 보라에게 빼앗겨 버렸다.

아마 혹 그다음 장엔 어떤 남자와 짝지어 찍은 사진이

있기 때문이나 아닌가? 하고 종만은 도리어 미안한 생각이 떠올랐다. 보라는 그런 의미가 아니라는 듯이 나머지 끝 장 가운데서 어떤 사진을 한 장 꺼내는 모양이더니

"이게 누구 사진이게요?"

하고 한 장의 소판형 사진을 종만의 앞에 불쑥 내민다. 종만은 이 순간 깜짝 놀라지 않을 수 없었다. 그것은 틀림 없는 자기의 사진이었기 때문이다.

"앗? 이게 누굽니까……?"

하고 종만은 자기도 모르는 사이에 이렇게 놀라면서 사 진을 쥔 채 또 한 번 자기 눈을 의심했다.

그러나 틀림없는 중학 시대에 찍은 자기의 사진이었다. 어떻게 돼서 이 여자가 자기의 중학 시대의 사진을 갖게 되 었을까? 그리고 무엇 때문에 지금까지 자기의 앨범에다 보 관해 두었을까? 종만의 머릿속은 한꺼번에 이상한 탐구적 본능과 어떤 공포에 함부로 뒤흔들렸다.

"꼭 종만 씨 같지요?"

보라는 어느 틈에 대담하게도 "종만 씨"라고 불렀다.

종만은 전광석화와 같이 자기의 중학 시대를 회상해 보 았다. 그러나 자기의 사진 같은 것을 별로 남에게 준 일조 차 없던 것이 추억되자 좀처럼 단서가 잡히지 않는다.

"이건 누군 줄 아시겠어요?"

보라는 또 한 장의 사진을 종만의 앞에 내어놓으며 힐끔 종만의 표정을 살핀다.

대학 예과 모자를 쓰고 매서운 눈초리로 입을 꼭 다문 어떤 학생의 사진이다. 이 순간 종만은 깜짝 놀라며

"…… 이게, 손보혁 군의 사진이 아닙니까?"

하고 보라의 다음 대답을 기다리기도 전에

"보혁 군과 어떻게 되십니까?"

하고는 그의 대답을 들을 필요도 없이 그가 보혁 군의 누이동생이나 아닌가? 생각이 들자 갑자기 얼굴에 모닥불을 끼얹은 것같이 화끈해진다.

보라는 얼굴이 붉어지며 어떤 참회의 빛이 떠도는 것 같은 종만의 태도가 가엾다는 듯이도

"세상은 참 호둣속[36] 같은 거지요! 옛날 일이 추억되시지요?"

하고 부드러운 음성을 던졌다.

그러나 종만은 그것이 오히려 자기를 비웃는 것이라고 생각되었다.

36) 호두 열매의 속

7

보라의 입으로부터 보혁 군이 자기의 친오빠란 말을 듣자 종만은 어조를 꺾어

"정직한 고백입니다마는 보혁 군의 사진까지라도 대할 면목이 없습니다."

하고 힘없이 고개를 숙였다.

어느 틈에 종만의 눈앞에는 오 년 전의 보혁 군과 자기와의 관계가 그림처럼 떠올라 왔다.

오 년 전 그가 청량리 대학 예과에 다닐 때 그는 창신동에 하숙을 두었었다. 한 하숙에서 친하게 된 것이 이 보혁 군이었다. 보혁 군도 예과생이었다. 그때 보혁 군은 열렬한 급진적 이데올로기를 가진 투지 만만한 마르크시스트였다.

열렬하면서도 때로는 싸늘한 보혁 군은 그때 예과생 중에서 이십여 명의 동지를 얻었다.

자기는 보혁 군의 이론에 끌리면서도 어쩐지 앞일이 겁

• 청량리에 자리했던 경성제국대학 예과 건물(서울역사아카이브)

이 났었다.

"너희들! 대학을 졸업하고 월급쟁이 노릇을 한다는 게 그다지 큰 행복인 줄 아니?"

보혁 군은 여러 동무가 모였을 때 가끔 이런 말을 하고서 현실을 논파하곤 했다.

종만은 보혁 군과 한 하숙에 있기가 겁이 나기 시작하면서도 보혁 군이 인간적으로 쾌활하고 재미있는 청년이었기 때문에 넉 달 동안 같이 지냈다.

"종만이, 내가 장가 하나 들어 주지! 내 말만 잘 들어!"

보혁의 이 말을 들을 때마다 종만은 그 말이 장난의 말인 줄 알았지만 일종의 미련도 없지 않았었다.

"자네, 참으로 장가 안 들었나?"

하고 정색을 하고 묻는 보혁에게 그는 웬일인지

"미친 말 말게. 나는 벌써 전과자일세!"

하고 절망을 주기가 싫었다.

"종만이! 참말인가? 그렇다면 내 누이동생을 보여 주지! 나는 자네와 같은 사람에게 내 누이동생을 맡길 생각일세!"

하고 그는 가끔 진실한 태도를 보여 줄 때가 없지 않았다. 그러나 자기는 감히 적극적으로 대들 용기가 나지 않았으므로

"여보게, 그럼 자네 누이의 사진부터 먼저 보여 주게."

하고 막연한 태도를 취했다.

여름방학이 되어서 보혁은 그의 고향으로 내려갈 때 자기 책상을 뒤져서 사진 한 장을 꺼내어 가던 광경이 어렴풋이 나타난다. 종만은 더한층 옛 기억에 사로잡혔다.

그러나 보혁 군이 여름방학이 지나서 서울 올라왔을 때는 자기는 보혁 군과 같이 있던 하숙에 있지 않고 다른 데로 옮기지 않으면 안 되게 된 뒤였다.

"자네, 보혁이와 한 하숙에 있지 말고 다른 데로 옮기게! 그렇지 않으면 큰일 날 터이니……."

종만은 개학할 날을 일찍 남겨 놓고 미리 올라와서 K 교수를 우연히 방문한 일이 있었다. K 교수는 그의 은사였다. 자기가 대구고보에 다닐 때 자기 졸업반의 담임이었고 또한 수석 교유[37]였다가 대학 예과로 영전해 온 민활하게 생긴 키가 조그마한 사람이었다.

종만은 벌써 보혁이가 불온 학생으로 학교 당국자의 안경을 깨고 있구나[38] 느껴지자 실없이 그와 한 하숙에 있기가 거북해져 왔다. 더구나 은근히

"자네는 내 제자가 아닌가! 내 체면도 보아주게. 친구를 잘못 사귀었다가 일생을 망치는 수가 많지 않나!"

하는 K 교수 자기의 은사의 간곡한 말에 실없이 귀가 쏠려 버렸다.

그리하여 그는 바로 청량리로 하숙을 옮겨 버렸다. 하숙

37) 교사
38) 눈 밖에 났다는 뜻이다.

을 옮긴 뒤에 보혁 군은 몇 번 자기 하숙으로 모이는 날을 가르쳐 주었다.

그러나 자기는 대답을 하고서도 K 교수의 말을 생각하자 찾아가기가 겁이 났다.

그런 뒤부터 보혁 군은 자기를 본 둥 만 둥 하기보다도 적대시하게 되었다.

그는 어떤 날 갑자기 친절해지며 할 말이 있다고 하면서 청요릿집으로 자기를 이끌었다.

종만은 보혁이가 주먹으로 자기 뺨을 치며

"비겁한 자식! 너 같은 우라키리모모39)는······!"

하자 벌떡 일어나다가 의자에 둘러메쳐졌다. 종만의 코에서는 새빨간 피가 쏟아져 나왔다. 종만은 감히 반항도 못 하고 홀쩍거리기만 했었다.

그런 일이 있은 뒤 일주일이 지난 뒤엔가 공교롭게 보혁을 비롯하여 팔구 명의 학생이 검거되었다. 그리고 사흘이 지나서 다시 검거의 손은 십여 명의 학생에게도 뻗치었다. 그 통에 종만도 끼어서 넘어갔다. 그러나 한 달이 된 뒤에 종만은 아무 관계 없는 몇몇 학생과 함께 무사 석방되고 보혁을 중심한 십사오 명은 그대로 남아 있었다.

십사오 명은 몇 달이 지난 뒤에 오륙 명의 기소유예를 내고 나머지는 예심에 회부되었다.

종만은 예과를 마치고 대학 학부로 넘어오던 해 겨울에

39) 배반자를 뜻하는 일본 말

복역을 마치고 그들이 나온다는 신문의 소식을 읽었다.

그러나 그들을 대하기는 심히 부끄러웠다. 더구나 보혁이를 대하기는 더한층 괴로울 것 같았다.

그리하여 그는 그들을 찾아가 보지 않았고 그들 또한 자기를 찾아 주지 않았다.

그 뒤에 그들은 어디로 모두 흩어졌는지 소식이 무척 알고도 싶었다. 더구나 자기의 뺨을 치던 투사 보혁 군이 어떻게 되었는지 가끔 자기의 궁금한 마음을 자극해 주었다.

"대체 지금 보혁 군은 어디 계십니까?"

종만은 드롭스[40]를 깨무는 보라의 표정을 훑었다.

"오빠요?"

하고 보라는 조금 말을 끊었다가

"어디로 갔는지 그 뒤부터는 소식이 없어요!"

하고 조금 우울한 빛을 띤다.

"너무도 그때 보혁 군을 배반해서……. 양심에 꺼리는 일이 많습니다!"

종만의 말소리도 어디인지 우울해졌다.

잠깐 동안 우울한 침묵이 계속되었다. 이따금 바람이 불어 때려 창문에 빗방울이 투두둑 하고 떨어져서는 여기저기 한꺼번에 하얀 점을 그린다.

"어떻게 이 사진이 나인 줄을 발견하셨습니까?"

종만은 침묵을 깨뜨렸다.

40) 알사탕

"종만 씨가 오빠와 친한 친구라는 말을 나는 오빠로부터 들었어요! 그 어느 해인가 여름방학에 내려와서 나를 조용히 불렀죠. 그러더니 이 사진을 턱 내보이면서 '어떠냐?'고 물었어요. 나는 얼굴을 붉히고 말도 못 했어요……."

　"그때의 기억을 잊어버리시지도 않으셨습니다그려!"

　"사실은 잊어버렸었지요. 그러나 이상하게도 종만 씨의 신분증명서를 발견하고 나서 옛날의 오빠에게서 들은 그때의 기억이 새삼스레 떠오르더군요. 그래서 사진을 벼락같이 꺼내 봤지요!"

　"하하하하……."

　종만은 너무도 꾸며 만든 것 같은 그와의 관계가 기적인 데에 한바탕 소리치고 웃었다.

　"그러나 보라 씨! 보혁 군이 만일 내가 이렇게 보라 씨를 찾아온 줄 어디서 안다면 어떻게 생각하리라고 생각되십니까?"

　하고 그는 보혁이가 보라에게 자기의 비겁한 과거를 혹은 말하지 않았던가 하는 염려에 슬쩍 멘탈 테스트를 시작했다.

　보라는 벌써 그 말의 의미를 두 층이나 뛰어 넘겨서

　"종만 씨도 완고하신 편이시군요!"

　하고 웃음을 띤다.

　"사실 보혁 군을 대할 면목이 없는 만큼 그 보혁 군의 누이인 보라 씨를 대할 면목이 또한 없기 때문이죠!"

"그것은 마치 이런 의미와 같아요. 형의 원수나 적을 동생도 무조건하고 자기의 원수나 적으로 알아야 한다는……."

종만은 놀랐다. 그 말이 바로 '오빠와 종만 씨가 만일 적이나 원수라 하더라도 그 누이인 나와 종만 씨와는 원수도 아니며 적도 아니지요!' 하는 말을 뒤집어 한 말이매 섣불리 그에게 멘탈 테스트를 쓰려다가 오히려 도로 자기가 당하게 된 데에 약간 폐부의 불쾌감이 떠올랐다.

바람만 불어치던 밖에서는 갑자기 커다란 발자국 소리가 가까이 들려온다. 발자국 소리가 아주 가까워 오자 종만은 일어서서 창문을 열려는 보라의 약간 긴장된 표정을 읽을 수 있었다. 드르렁하고 보라는 창문을 열더니 얼른 밖으로 나가며 창을 부리나케 닫는다.

종만은 일종의 이상한 육감이 발작되어 조금 틈이 난 창과 창 사이로 눈을 크게 뜨고 날카롭게 광경을 훑으려 했다.

8

치맛자락이 문틈을 가려서 종만의 눈엔 발자국의 정체가
비치지 않는다.

"에! 난 또 누구라고!"

보라는 마루를 내려서면서 반가운 목소리로 아양을 떤다.

"자마니 나루나라 가에루와!"[41]

애교를 떠는 여자의 가는 목소리다. 보라는 그보다 더
크게

"관계찮아! 올라와!"

하고 여자를 끄는 모양이다.

잠깐 동안 들리지 않을 만한 소곤소곤이 계속되자 종만
의 손가락은 어느 틈에 문틈으로 기어들어 가 가만히 틈을
넓히려고 한 바퀴 궁굴리고 있었다.

"글쎄……. 들어가! 빌려줄게!"

41) "방해된다면 돌아갈게"라는 의미의 일본 말

보라의 큰 소리가 뛰어 들려온다. 종만은 눈을 문틈에서 피하고 얼른 시치미를 떼며 또 한 번 방바닥의 앨범을 집었다.

이윽고 주춤 두 여자의 그림자가 문 앞을 어른거리더니 드르렁하고 미닫이가 열리자 조금 미안하다는 듯한 보라의 표정부터 나타난다. 종만은 앉은 채 가재걸음을 쳐서 윗목 벽 쪽으로 올라갔다. 보라를 따라 들어온 여자는 종만의 건너편에 앉았다.

갑자기 고급 향수 냄새가 종만의 코를 찌른다. 이 순간 그는 자기도 뜻하지 않았건만 고개를 들고 그 여자의 얼굴과 옷맵시를 번개처럼 훑고 있다.

하얀 눈빛 같은 비하이부[42]로 에리[43]와 소매와 도련 끝에 무지개처럼 투실투실 색실을 넣어 짜 낸 단추 없는 신형 하프코트는 손가락같이 굵다란 하늘빛 선(線)이 살빛 바탕을 종횡으로 문채[44] 놓은 벰베르크[45] 블라우스 위에 유달리 통통해 보이는 젖가슴을 느낄 만큼 앞가슴을 가려 주지 않았다.

뒤꼭지까지 바싹 끊었다 조금 긴 것 같은 머리털은 퍼머넌트를 했는지 곱슬곱슬 가는 물결을 치며 잠자고 있다. 눈은 컸다. 비에 젖은 딸기처럼. 종만은 그 여자의 시선이 어느 틈에 자기와 마주쳤기 때문에 얼른 스커트로 피해 버

42) 영국제 털실
43) 옷깃
44) 무늬
45) 독일 벰베르크사에서 생산하는 고급 인조 견사

렸다. 스커트는 주름살이 곱게 잡힌 무늬 없는 남색 오스데트[46]였다.

보라는 테이블 서랍을 번갈아 열더니 국배판의 곡보철인 듯한 뭉텅이 책을 끄집어내어

"있나 모르겠어……."

하고 그 여자에게로 던진다.

종만은 이 모던 걸이 음악 소녀나 아닌가도 싶었다.

모던 걸은 첫 장부터 자꾸 넘기고만 있다. 무슨 곡을 찾고 있는가?가 종만의 호기심을 자극한다.

한참을 넘긴 뒤에 그 여자는 손가락을 펴 왼편 페이지를 누르면서 바른편으로 큰 눈을 움직인다.

"있어?"

하고 고개를 넘겨다보는 것은 보라다. 종만도 어느 틈에 그리로 시선을 옮겼다.

'쇼팽의 야상곡!'

종만은 그 곡의 음악적 가치를 감상할 줄 알 만한 보통 이상의 음악 상식을 가지고 있었기 때문에 이 여자의 음악 실력을 짐작했다.

모던 걸은 필기를 할 작정인지 오선지를 보라에게서 얻는다. 그는 가장 필기에 능란하다는 듯이 한눈에 두 소절씩 암송하더니 펜을 뗄 사이 없이 내리갈긴다.

필기의 기술에 놀란 종만은 섣불리 접어 볼 음악 소녀가

46) 직물의 일종

아닌 것도 같았다.

'쇼팽의 야상곡!'

종만의 눈은 필기된 소절에 박자를 붙여서 외워 나갔다.

소리 없이 울려진 그 곡의 멜로디로 얇은 낭만적 기분에 휩싸였다.

몇 해 전 중학 시절에 자기도 이 곡을 한번 바이올린으로 장난해 본 기억이 솟아오른다.

종만은 중학 시대에 음악을 좋아했다. 그는 대구고보에 재학 중에도 교내 음악회나 학예회 같은 데엔 성악은 물론이요, 서툰 바이올린이나마 상당한 인기를 끈 일이 있었다.

그러나 종만은 서울에 올라와서 대학 예과에 들고 난 뒤부터는 음악에 대한 흥미가 어쩐지 식어 갔다.

그는 음악 공부보다도 음악 도락보다도 자기 앞에 더 큰 할 일이 있었다고 느꼈기 때문이었다. 대구에서 가지고 올라온 바이올린을 고물상에 팔아 버리고 그 돈을 가지고 보라의 오빠인 보혁과 함께 안국동 ×× 서점으로 팸플릿을 사러 가던 생각이 난다.

×× 서점은 그때 한창 중학생, 전문 학생을 비롯하여 인텔리 청년을 상대로 한 색채가 다른 서점이었다.

바이올린을 팔아서 팸플릿을 사던 그때의 그 기쁨! 그것은 벌써 오 년 전의 옛날이었다. 종만은 그때의 꿈이 일변 그리워졌다. 그 순간 얼굴이 화끈해지는 양심의 가책을 느꼈다.

'종교는 아편이다……'라는 말을 마르크스가 한 말인지 레닌이 한 말인지를 똑똑히 모르는 그였으나 '음악은 아편이다' 하고 그때는 부르짖은 일이 있었다.

'음악은 곱고 아름다운 멜로디를 가지고 인간의 정서를 함양한다. 그러나 그것은 어떤 때 우리들의(젊은 사람들의) 굳센 이지의 힘에 너무나 농(濃)한 로맨틱한 멜로디의 독성을 주사하여 그것으로 하여금 향락적, 순간적에로 타락시키는 까닭이다.'

이것이 그때의 그들의 음악 반대파의 이론이었다. 그러나 교내 음악부의 사업은 조금도 지장 없이 발전되어 갔었다.

그때의 종만은 바이올린을 팔아 버린 용단이 내뻗쳐 심지어 하모니카를 가진 동무가 있으면 하모니카를 부수어 놓거나 슬쩍 하숙 아궁이에 넣거나 해서 음악 중독을 예방한다는 급진적, 기분적 투지 만만한 청년이었다.

그러던 그가 한 개의 로맨틱한 '쇼팽의 야상곡'을 필기하는 음악 소녀 곁에서 자기의 눈을 소절 위에 궁굴리며 소리 없는 멜로디에 귀를 기울여 들으려 애쓰는 지금의 자기로 변할 줄은 오 년 전엔 꿈에도 생각지 않은 일이었다.

그는 또 한 번 얼굴이 화끈해지자 얼른 그 자리를 떠나 버리고도 싶었다.

그리하여 그는 한 손으로 모자를 집어 들며 누구와 약속이나 해 놓은 듯이 왼편 팔을 사뿐 굽혀 힐끔 '팔뚝 시계'를 살피고는 일어서려 했다.

눈치를 챈 보라는

"아니, 왜 일어서세요?"

하고 대담스럽게 모자를 빼앗아서 테이블 저편의 벽에 걸어 버린다.

"새 손님이 오셨으니 묵은 손님은 가야죠……."

모자를 빼앗긴 종만은 도리어 일어서지 않는 것만 같지 못한 어색을 느꼈음인지 선 채로 엉거주춤하고 어름어름 한다.

"어서 앉으세요. 제 동무이니까 내외하실 필요야 없죠?"

보라는 다시 제자리에 가 앉으면서 방긋 웃는다.

모던 걸은 필기가 다 되었는지 펜을 놓고 오선지에 압지를 누르더니 가운데를 꺾어 접어 또 한 번 꺾어서 포켓 속에 집어넣으며 다시 주저앉는 종만을 힐끔 바라본다.

"참……, 소개해 드리지요."

보라는 모던 걸과 종만을 번차례로 쳐다보면서

"저……, 박해남 씨라고 나하고 같은 중학 동창생이랍니다!"

하고 인사를 붙인다.

"네……, 그러셔요, 나는 김종만이올시다!"

종만은 고개를 갸우뚱하며 그 여자의 표정을 읽으려 한다.

그 여자는 단발한 여자인 만큼 활발하였다. 둥그런 눈을 똑바로 뜨고 양 볼에 방그레 웃음을 띠면서

"두 분께 너무 실례가 됐나 봐요! 용서하세요!"

하고 조금 고개를 숙인다.

"천만의 말씀을……."

종만이 얼른 받아넘기자 보라는 입을 다문 채 눈을 한번 흘기면서 잔웃음을 그에게로 던진다.

그 여자는 할 일을 다 했으니 가야겠다는 듯이 무릎을 세우면서 일어서려 한다.

"왜? 바늘방석이야?"

보라는 꽥하고 소리를 지른다.

"가야겠어! 세 시부터 총회가 있어서 그래!"

"어디서……?"

"영도사야!"

"맨날 얘, 총회는 빌어먹게도 많구나! 음악 회원이 몇 명이나 되누? 그래, 해남이가 준비위원 격인가?"

보라도 따라 일어서면서 빈정댄다.

"먼저 실례합니다……. 용서하세요!"

미닫이의 가죽끈을 드르릉 잡아당기면서 그 여자는 종만에게로 가벼운 시선을 던진다.

"좀 더 노시지 않으시고……."

종만은 무의식적으로 상반신을 일으키며 고개를 굽혔다.

그 여자가 나간 뒤에도 향수 냄새는 방 안 공기를 흔들었다.

보라의 말에 좇으면 그 여자는 보라와 함께 ××여고를 마친 뒤에 음악을 전공하겠다고 R 전문의 음악과에 들어

갔다 한다.

그는 ×× 시대에도 성악에 천재라고 졸업 당시의 신문 가정란은 사진까지 내어 추켜올린 일이 있다 하며 R 전문에 학적을 둔 뒤로는 가끔 음악회에도 요염한 자태를 나타내어 젊은 남학생들의 연모의 적이 되었다 한다.

그는 R 전문을 채 마치지 못하고 금란좌라는 당시의 어떤 흥행 극단의 막간에까지 그림자를 나타내었다 한다.

그는 또다시 금란좌에서 나와 어떤 레코드 회사의 전속 가수가 되어 레코드 팬들을 열광시켰다 하며 지금도 여전히 계속하여 새 작품을 내놓는다 한다.

비 온 뒤에 죽순 나오듯이 소위 명작이라고 거리마다 떠들며 흘러나오는 레코드판의 유행가나 난센스엔 종만은 아무런 흥미를 느끼지 않았다느니보다도 도리어 증오감이 떠올랐다.

종만은 첫째, 축음기 회사를 미워하고 둘째, 그것들에게 매수당한 소위 전속 예술가라는 것을 미워해 내려왔다.

비속된 취미와 저조된 정서를 대중에게 가장 많이 뿌리박아 놓은 것이 금일의 조선을 유행하는 레코드의 죄악이라고 종만은 언제나 늘 생각하고 있는 바였다.

"보라 씨는 왜 전속 가수가 안 되셨습니까?"

"나요……? 내게서 음악가 타입이 보이십니까?"

하고 보라는 깔깔 웃는다.

"내가 관상쟁이가 아닌 이상 그건 모르겠습니다마는 오

히려 직업적 음악가인 전속 가수가 보라 씨에게 와서 곡보를 필기해 가는 것을 보아 보라 씨의 음악적 교양을 짐작할 수 있는 것이니까요!"

"한때는 음악을 좋아했었어요! 그러나 오빠에게 꾸중을 듣고 음악에 힘을 쓰지 못했지요……."

"기악을 좋아하시지요, 아마! 아까 유치원에서 치시던 곡은 누구의 곡입니까? 퍽 듣기에 좋던데요!"

"그거요! 아무것도 아니었어요!"

"네! 그럼 창작하신 게지요?"

"창작할 두뇌가 되나요, 어디!"

보라는 약간 얼굴을 붉히며 부끄러운 웃음을 띤다.

"천만에요! 좋은 작곡을 혼자만 가지실 게 아니라 세상에 발표하시는 게 어때요!"

"작곡이 다 무업니까! 그런 말씀은 마셔요, 부끄러워요……."

9

구름이 끼어 창문이 어두운 줄 알았으나 어느 틈에 전등이 젖빛 같은 불줄기가 대들었을 때엔 종만은 너무도 오랫동안 앉았다는 듯이 벌떡 일어나 벽에 모자를 벗겼다. 종만은 공연한 탈선을 한 것 같아서 저녁을 시켰다고 굳이 말리는 보라의 호의를 박차고 밖을 나왔다.

보라는 문간까지 나와서 종만에게 공손히 절을 한다.

하얀 눈송이가 가끔 힘없이 날려 떨어지는 거리 위를 종만은 투벅투벅 걸었다.

신분증명서나 찾았으면 얼른 돌아왔어야 할 자기가 무엇 때문에 장시간 동안이나 보라와 접촉을 했나? 비록 어떤 자기의 위신을 잃을 만한 실태(失態)가 없었다 하더라도 그것은 너무나 탈선이며 쑥스러운 짓이라고 생각되었다.

하숙으로 돌아온 종만은 외투를 벗어 걸고 째깍거리는 책상 위의 시계를 쳐다봤다. 다섯 시가 벌써 지났다.

이웃 방에 박 군이 휘파람을 불면서 문을 열고 들어온다.

그는 『취직 전술(就職戰術)』[47]이라는 사륙판의 지장(指章)한 단행본을 들고 들어온다.

"어디 갔다 오나? 가노조카?[48]"

"미친 사람!"

"아까 경옥이가 왔다 갔어! 아마 저녁에 또 올걸!"

종만은 경옥이가 왔다 갔다는 말을 듣자 공연히 기분이 이상해졌다.

"혼자 왔던가? 보전이와 왔던가?"

하고 그는 박의 대답을 기다렸다.

"웬일로 혼자 왔어! 보전이하고 갈등이 생겼는지도 모르지! 좌우간 자네는 연복(戀福)이 많은 사람일세. 오나가나 계집이니⋯⋯. 그러나 주의하게. 충골세!"

종만은 친구로서의 박의 충고가 듣기 싫지는 않았다. 그러나 여자에게 정신을 빼앗기지는 않겠다는 자존심을 가진 자기인 줄을 몰라주는 박이 일변 야속한 것도 같았다.

박은 손에 든 『취직 전술』의 페이지를 손톱으로 주르륵 훑으면서

"여보게, 나는 취직 전술을 세 가지나 배웠네. 취직을 해놓고 나서 연애를 할 작정이니까⋯⋯."

하고 종만의 표정을 살핀다.

47) 1929년 출간된 주모쿠 타카야(壽木孝哉)의 책
48) "애인인가?"라는 의미의 일본 말

"세 가지? 어떤 건가?"

"흥! 기막힌 방법도 다 있더군!"

박은 일변 종만의 호기심을 자극해 놓고 나서 이야기를 시작한다.

"제일화일세. 그럴듯하지 않은가, 듣게! 인물은 대학 졸업생, 어느 회사에 취직을 지망, 그러나 주선해 주는 사람은 전혀 없었단 말, 그는 자신이 단도직입적으로 그 회사의 중역을 방문하러 갔으나 중역은 면회 사절, 열 번 갔으나 열 번 다 사절, 그러나 그는 결국 그 회사의 사원으로서 채용되었다는 이야기란 말이야! 하하하하…….

"그래 어떻게? 그 비방을 말해 봐야지. 길게 프롤로그만 내걸지 말고."

"그 비방이 걸작이거든! 여보게, 그 작자는 면회 사절을 당했으나 한 걸음 더 나아가 날마다 아침 일찍이 중역 사택 앞에서 기다리고 있다가 자가용 자동차에 중역이 몸을 싣고 나올 때엔 황족 앞에 신민이 최경례하는 것처럼 최경례하기를 비가 오나 바람이 부나 오십 일 동안. 그것이 중역의 환심을 사게 한 정책이었단 말이야!"

"기막힌 현상일세. 여보게, 자네는 그런 정책을 써서라도 취직을 해 볼 맘이 있는 모양인가?"

종만은 일종의 고소(苦笑)를 띠면서 박의 답안을 기다렸다.

"그거야 취직만 된다면야 상관없지 않나! 오히려 그런

정책은 순결하지 않은가, 이 사람아! 이목구비 멀쩡한 놈이 간사스럽게 과자 상자를 앞에 끼고 살살 고양이처럼 밤길을 걸어 다니며 취직 운동을 하는 것보다는 어느 의미로 보든지 훨씬 깨끗한 방법이라고 생각되네, 나는……."

종만은 마코[49]를 꺼내 성냥을 그어 댄다.

푸— 하고 뿜은 담배 연기가 방 안에 흩어지기 시작한다.

"나는 굶어 죽어도 그것은 못 하겠네, 이 사람아!"

종만의 얼굴엔 어느 틈에 우울이 흐른다.

"자네는 숫제 취직 운동을 말게. 자네 같은 자존심이 강한 사람은 취직 운동에는 낙제일세!"

"벌써 예상했네. 그렇지 않아도 어떤 녀석이 나를 쓰겠다고 데려가겠나? 그리고 또 주선해 주겠나! 나는 그것을 바라지도 않으니까!"

"아니야, 자네 같은 성격을 가진 사람에게 좋은 비방이 또 있어. 이것은, 제이화일세!"

"흥, 자네는 아주 과학적으로 취직학을 연구하는 모양일세그려!"

"그렇지 않으면 취직할 수 있나, 이 사람아……."

"제이화는 또 뭐야?"

"자네 같은 어떤 자존심이 강한 대학 졸업을 한 자가 남의 앞에 가서 고개를 숙이고 애걸복걸해 가면서 취직 운동

---

49) 마코(Macaw)는 금강앵무새라는 뜻으로, 1920년대 초 조선총독부 전매국에서 생산한 싸구려 담배 브랜드였다.

• 마코 담배 포갑지(국립민속박물관)

하기는 죽어도 싫으니까 가만히 앉아서 자존심을 어디까지 살리고 취직해 보겠다는 묘안을 생각했는데 그것은 어떤 일간 신문을 한 달분을 정독해 가지고 말이야, 위의 사설로부터 아래 약 광고, 극장 광고에 이르기까지 오자(誤字), 낙자(落字) 또 교정을 요할 만한 미다시50)를 전부 발견해 가지고 일일이 교정을 해서 한 달분의 신문을 모아 그 신문사 사장에게 소포로 보냈더란 말이야. 그런데 그자의 정책이 또한 기발한 것은 사장 앞으로 편지를 하기를……
'적어도 대신문사 사장의 지위에 있어서 자기의 신문이 이러한 결함이 있다는 것을 깨닫지 못한다는 것을 일개 무명 서생이나마 책하는 바입니다……' 했더니 단박에 사장에게서 '미안하오나 신문사로 찾아오셨으면……' 하는 편지가 왔더란 말이야. 그래서 그는 바로 그 신문사에 취직이 되었다는 이야기. 그러나 이 방법에는 운동자의 실력이 요점이니까……."

하고 박은 깔깔 웃는다.

"나도 그런 방법이나 써 볼까? 신문 기자가 되고 싶기도 해!"

"해 보게! 조선의 인텔리로서 아마 제일 자유스러운 직업이 뭐냐 하면 나는 신문 기자인 줄 아네."

박은 명쾌한 발음을 지었다.

종만은 그의 말이 그럴듯도 하였다. 은행이나 회사나 관

---

50) 표제나 표제어, 또는 색인이나 차례를 가리키는 일본 말

청 같은 데 가서 남에게 머리를 숙이기 싫은 자기의 성격은 하루치의 원고나 내갈기고 하숙으로 돌아오면 얼마나 자유스러울 것인가도 싶었다. 그러나 자기가 대학에서 배워 온 영문학은 신문 기자로서는 그다지 직접 필요하지 않을 것만 같았다. 자기가 신문 기자가 되려면 첫째, '저널리즘'을 연구해야 되고 신문학(新聞學)을 알아야 되고 더욱이 조선의 특수 사정을 정확히 파악하지 않으면 안 될 것 같은 생각이 떠오른다.

박은 종만의 말없이 담배만 태우는 우울한 얼굴을 쳐다보면서 입을 연다.

"어쩔 작정인가? 그 방식이 어떤가?"

"음……, 해 볼 작정일세. 첫째 '신문'에 대한 기초 지식을 얻어야 되지 않겠나?"

"자네는 신문 기자가 되게. 나는 어떻게 하든지 은행이나 회사로 가겠네. 학교라도 되면 가고……."

"왜 행정 관청은 싫은가……?"

"그것은 자네가 나를 모르는 소릴세. 도대체 내 성격은 그따위 가다구루시이[51]한 일은 싫으니까."

"흥! 세상일이 맘대로 되나 이 사람아. 자네 말 같으면 금방 샐러리맨이 되어 훌륭한 세비로[52]를 입었지……, 하하하하……."

51) '너무 딱딱하다'는 뜻의 일본 말
52) 저고리, 조끼, 바지로 이루어진 신사복의 일본 말

종만의 이 말에는 박도 잠자코 있었다. 박은 페이지를 또 한 번 손톱으로 주르륵 훑으면서 전등을 쳐다보곤 휘파람을 분다.

문이 갑자기 드르릉 열리더니 노파가 저녁 밥상을 가지고 들어온다.

"야……, 오늘 저녁은 웬 김쌈이 다 있다!"

박은 벌떡 일어나면서 겸상해 온 밥상 앞으로 옮아갔다.

숟가락을 들자마자 바깥에서 구두 발자국 소리가 들려온다. 구두 발자국 소리가 그들의 밥 먹는 방문 앞에서 주춤해지자 종만은 '경옥'이나 아닌가 했다.

이윽고 미닫이를 가볍게 노크하는 소리가 들리자 종만은 저를 든 채 미닫이를 열고 밖을 내다본다. 양장한 지방질의 젊은 여자가 섰다.

"아이고, 아까 오셨다 가셨다고요! 어서 올라오십쇼!"

"네! 어서 진지 잡수세요!"

그는 구두끈을 풀고 옆에 낀 어떤 원서와 노트를 들고 방으로 들어온다.

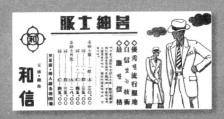

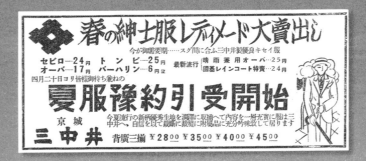

- 신사복 광고(〈조선일보〉1934년 4월 7일 석간 2면)
- 신사복 광고(〈조선신문〉1936년 4월 23일 2면)

10

박은 숟가락을 놓기가 바쁘게 나가더니 이웃 방 미닫이를
열어젖힌 채 외투를 주워 입고 모자를 쓰고 나온다.

"어디 가나?"

대문간에 던지고 간 석간을 들고 들어오던 종만은 구두
끈을 얽는 박을 물끄러미 쳐다보았다. 박은 빙그레 웃음을
띠면서 가만히 입을 연다.

"정처 없이 나가네. 누구 때문인지 모르지!"

박은 고개를 갸우뚱거리며 침묵으로 종만을 한참 놀리
다가

"아함!"

하고는 발길을 밖으로 옮겨 놓는다.

종만은 박의 하는 짓이 일종 귀엽기도 했다.

박은 확실히 과민한 신경을 가졌다고 그는 속으로 고소
를 금치 못했다.

하기야 경옥이가 영문을 배워 보겠다고 자기를 찾아다 닌 때가 (비록 가끔 보전과의 동반이었다 하더라도) 벌써 반년이 넘었으니, 더구나 어떤 때는 밤이 이슥하도록 단 두 젊은 남녀가 한방에서 이마를 가끔 맞부딪친 사실을 상상 해 본다면 현대인으로서는 누구나 자기 두 사람의 사이를 평범하게 해석하지 않을 것 같다.

그렇다면 박의 오늘 밤의 피신은 확실히 자기를 위한 의 협이 아닐 수 없다. 그러나 박의 이 의협에 종만은 어쩐지 감사가 가기보다는 일종의 얇은 불쾌가 스르르 하고 머릿 속을 지나친다.

그것은 무엇보다도 자기가 경옥에게 대한 아무런 호기 심의 자극을 느낄 수 없었기 때문에서 온 것이었다.

그러한 자기에게 영문을 배우겠다고 농화장[53]을 하고 자주 오는 경옥의 심리란 실로 이해하기 어려운 것이다.

구태여 자기와 같이 한마디의 실없는 농담도 붙여 주지 않은 무미한 사람이 아니라도 영문을 배우려면 얼마든지 훌륭한 참고서와 사전과 강사가 있지 않을까? 그런데도 불구하고 자기를 찾아오는 정성으로 본다면 정녕코 자기 에게 어떤 호감을 가진 것만은 틀림없는 사실이다.

아닌 게 아니라 경옥이를 처음 만날 때의 자기에게 대한 경옥의 태도는 평범한 것이 아니었다.

지금으로부터 육 개월 전이다. 어느 조그마한 회합. 그

53) 진한 화장

것은 종만 자기를 중심으로 한 오륙 명의 남학생과 삼사 명의 여학생으로 조직되어 있는 '영문학 연구회'의 일 주년 기념 간담회였다. 그때에 새로 입회하고 싶은 희망을 가지고 참석했다는 비대한 지방질인 미지의 한 여학생이 그 회석에 끼어 있었다. 그것이 바로 경옥이었다.

종만은 이 '영문학 연구회 일 주년 기념 간담회' 석상에서 뜻밖에 연구회 해체를 제의하였다.

종만의 해체 요지는 다음 같은 것이었다.

"일 년간의 연구회의 사업이란 아무것도 없었다. 차라리 이따위 유명무실한 간판은 떼어 버리는 것이 마땅할 것이요 또한 우리는 먼저 남의 문학을 연구하기 전에 우리 문학부터 연구해야 옳을 것이며 또한 남들이 수립해 놓은 문화를 좇을 것이 아니라 우리의 잊어버렸던 문화를 먼저 찾아내야 할 것이 당면된 임무다."

종만의 이 해체의 선언에는 몇 사람의 반대도 있었으나 무력하였고 대개는 연구회의 수령 격인 종만의 의견에 일치하였다. 그리하여 결국 창립 일 주년 기념식의 술잔은 드디어 비장한 해체식의 술잔으로 변해 버렸다. 이 틈에 새로 입회하겠다고 참석했던 경옥이의 입장은 실로 괴롭고 창피하였다. 그러나 종만의 침착한, 그리고 이지적인 웅변에는 경옥은 자기로 모를 만큼 종만에게로 흠뻑 쏠려 버렸다.

그 뒤 며칠이 지난 뒤 경옥은 어떻게 종만의 하숙을 알았는지 그의 동무인 보전이라는 여자와 같이 대담하게도 종만을 찾아왔다.

경옥은 옆에 영문 원서를 끼고 와서 종만에게 군데군데를 강의해 달라는 것이었다.

영문 연구회의 해체를 선언하던 자기에게 구태여 영서를 끼고 와서 해설을 해 달라는 경옥, 그가 소위 칼리지 걸[54]로서는 너무도 철없지 않은가도 싶었다.

종만은 경옥이가 그 뒤 며칠이 지난 어느 저녁때 몸에 가벼운 고급 향수를 뿌리고 옆구리에 콜론타이의 『붉은 연애』[55]를 끼고 혼자서 요염한 화장을 하고 찾아왔을 때에 비로소 전날의 연구회에 입회하려던 것도, 또한 영서를 가지고 와 해설해 달라던 것도 모두가 자기에게 대한 어떤 본격적 행동을 하기 위한 준비 행동이나 아닌가 의심하지 않을 수 없었다.

거기 따라 먼저 경옥의 사생활 내지 과거의 정체가 까닭 없이 알고도 싶었다.

그러나 그것이 자기에게 아무런 필요 없는 일이라고 생각된 종만은 다만 한낱 아는 사람으로서 또는 동무로서 경옥을 대해 내려온 데 지나지 않았다.

그러나 종만은 결국 삼십 미만의 청춘이었다.

구태여 원서를 해설해 달라고 붉은 줄을 쳐 가지고 와서

---

54) college girl. 여대생
55) 러시아 여성 혁명가 알렉산드라 콜론타이(1872~1952)의 저서 『붉은 사랑(Red Love)』(1923)

벌려 놓는 영문 소설책 앞에, 고개를 숙이고 해설하는 것을
받아 필기하는 경옥의 하얀 계란 속껍질 빛 같은 목덜미의
포동포동한 살을 발견할 수 있을 때…… 젊은 여자에게서
나는 살의 향기를 맡을 수 있을 때…… 종만은 괴롭지 않은
것은 아니었다.

그러나 이런 경우일수록 그는 자기의 자존심이 변태적
으로 발작하여 그렇게 얼른 경옥의 앞에 꺾이지는 않았다.

이 자기로서도 괴벽이라고도 생각하는 자존심의 발작
은 방금 박이 '너를 위해서 나는 피한다'는 노골적인 암시
에 대한 일종의 불쾌감에도 원인이 있지만 또한 오늘의 보
라에게서 받은 그다지 불쾌하지 않은 인상에서도 그 원인
이 없지 않다고 느껴진다.

종만은 무표정의 표정으로 아랫목에 앉아서 석간을 바
닥에 폈다.

경옥은 여전히 고개를 종만과 마주 숙이고 신문을 굽어
보면서 딴 이야기를 끄집어낸다.

"박 씨는 참 재미있는 분이에요!"

"네! 퍽 재미있는 분입니다. 그리고 쾌활한 성격을 가진
사람입니다."

"아까 낮에 왔을 때 자꾸 방에 들어와 기다리라고 그래
요. 퍽 고맙게 구는 분이에요!"

"네, 고마운 의협심을 가진 사람이죠. 그러나 어떤 때는
되려 신경과민적 의협심을 발작시키는 것이 탈이죠!"

이 말을 던지고 난 종만은 경옥의 태도를 암암리에 주목한다. 경옥은 잠깐 아무 말이 없다.

"…… 참, 보전 씨는?"

하고 종만은 얼른 기분을 조절한다.

"어쩐지 요즘은 잘 오지 않아요, 내게."

"…… 보전 씨는 어디라고 하셨던가?"

하고 종만은 무의식적으로 질문을 던진다.

"무엇이 어디예요?"

하고 경옥의 반문을 듣고

"그의 다니는 학교 말이에요!"

하고 종만은 주를 달았다.

"학교요? 나보다 한 반 아래라고 했지요, 왜! 기억력도 없으세요! 호호."

경옥은 눈웃음을 치다가 다시 말을 이어

"아마 이번에 학교를 그만둘 모양 같아요!"

하고 종만의 얼굴을 살핀다.

"왜요?"

"…… 학비 관계 같아요……."

"지금까지는 누가 대었나요?"

"자세히는 몰라도 금광 한다는 오빠가 대었을걸요! 그러나 그 오빠가 이젠 금광으로 송두리째 망한 모양 같아요!"

"그럼 어디 취직 운동이라도 해서 직업 전선에 나설 수밖에 별수 없겠죠!"

"아마 요 동안 어디 취직 운동을 하는지도 모르겠어요!"

말이 끝나자 잠깐 동안 잠잠해졌다.

바깥에는 별안간 싸락눈이 쏟아지는지 토닥토닥 함석 지붕을 두드린다.

경옥은 걱정스러운 표정으로 미닫이를 열고 밖을 내다보며

"아이, 어떻게 가나?"

하고 아양을 부린다. 종만은 읽던 신문을 집어치우고 나서 하품을 하였다. 그러나 경옥은 그것을 느끼지 못했다는 듯이 끼고 왔던 영문 시집, T. S. 엘리엇의 『황폐의 국토』[56]를 펴 놓았다. 종만은 어쩔 수 없다는 듯이 몇 구절을 해설하고 나서 창을 내다보더니

"싸락눈이 비가 된 모양인데……."

하고 은근히 경옥이를 쫓으려 했다. 그러나

"…… 비 좀 맞으면 어때요!"

하고 눌어붙는다. 실로 한마디의 농담이라도 던졌다면 경옥은 탁 터놓고 눌어붙을 것만 같아 어쩐지 무시무시해진다.

경옥은 콧등으로 기어 내린 머리카락을 손가락으로 걸어 올리면서 얼굴 전체에 비하여서 좀 작다고 볼 수 있는 눈초리를 매섭게 종만이에게로 쏘았다. 종만은 시선을 피해 버리려고 했으나 너무 이 여자에게 악감을 살 필요까지

56) 미국계 영국 시인 토머스 스턴스 엘리엇(1888~1965)의 시집 『황무지』(1922)

는 없을 것 같아서

"왜 그렇게 쳐다보십니까?"

하고 빙그레 웃었다. 경옥은 만족하다는 듯이

"좀 쳐다보지도 못해요? 호호."

하고 웃어 젖힌다.

경옥은 웃음이 얼굴에서 사라지기 전에 입을 열면서

"…… 참, 저 꼭 한마디 물어볼 말씀이 있는데!"

하고 새 화제를 꺼낸다.

"…… 무슨 말씀이에요?"

종만은 이 순간 경옥의 표정을 읽으려 했다.

"돌연한 질문입니다. 용서하세요!"

하고 경옥은 간단한 서론을 던지고 나서 조그만 두 눈에 어떤 복잡한 감정을 담아 가지고

"…… 기혼이세요? 미혼이세요?"

하고 종만의 대답을 재촉이나 하는 것처럼 더한층 방그레 웃음을 띤다.

"그건 왜요?"

종만은 경옥의 대담한 질문의 의도가 어디 있는 것인 줄 모른 바도 아니었다.

그러나 구태여 자기의 기혼, 미혼을 물을 필요야 없지 않을까? 콜론타이의 『붉은 연애』를 가지고 다니는 이 경옥으로서 그따위를 물을 필요가 없지 않을까? 하고 종만은 새삼스럽게 주견이 서지 못한 경옥이라고 느낄 수 있었다.

"기혼이시라면 아기가 있으시겠지?"

하고 경옥은 한층 건너뛰어 종만의 대답을 재촉한다.

종만은 갑자기 정색을 하고

"네! 기혼은 기혼입니다마는 아이는 없습니다."

하고 싸늘한 표정을 지었다.

"…… 참말이세요?"

하고 경옥은 신용할 수 없다는 듯이 반문을 던지면서 호기심에 타는 눈동자를 굴린다.

"…… 만일 미혼이라면 좋은 신부나 소개해 주실 자신이 있으십니까?"

종만은 구태여 경옥의 흥미를 깨어 놓을 필요야 없다는 듯이 빙그레 웃었다.

경옥은 다시 바짝 종만의 앞으로 다가앉으며

"…… 가만히 앉아 계세요. 미혼인지 기혼인지 감식해 드려요?"

하고 가운뎃손가락을 펴서 종만의 코끝을 만지려 한다.

종만은 일변 경옥이의 하는 짓이 저급한 듯하면서도 어디엔지 천진스러워서 빙그레 웃는다.

경옥은 종만의 콧날에서 손가락을 떼더니 하하하 소리를 치고 한바탕 웃는다.

"어디, 알아내 보십쇼!"

하고 종만은 입을 삐뚤이고 웃음을 띠며 경옥의 기분을 조장해 주었다.

종만은 경옥이가 어느 신문이나 잡지 귀퉁이에서 결혼한 사람이나 이성과 성적 접촉을 한 사람은 콧날 끝을 만져 보면 두 쪽으로 또렷이 갈라져 있다는 엉터리없는 의학 소화(小話)나 기억해 두었던 것을 자기에게 실험해 보는 것이 아닌가도 싶었다.

경옥은 소리쳐 웃기만 하고 대담하게 단안을 내리지 못한다.

종만은 구태여 경옥의 단안을 듣고 싶지 않았기 때문에

"…… 이번에는 내가 경옥 씨를 감정해 드리지요!"

하고 손가락을 내밀며 경옥의 콧날을 만지려 했다. 경옥은 더한층 깔깔거리면서 주먹으로 자기의 코를 가리고는

"…… 싫어요, 싫어요!"

하면서 고개를 옆으로 돌린다.

"…… 그런 무례한 법이 어디 있어요! 원, 남의 나라를 함부로 침입했으면 거기 대한 상당한 처벌을 당할 걸 모르셨습니까……."

하고 종만은 너털웃음을 내놓자

"…… 자, 맘대로 만져 보셔요, 그럼!"

하고 경옥은 얼굴을 바짝 종만의 앞에 내민다. 종만은 내친걸음에 손가락을 펴 경옥의 코로 가져갔다. 이 순간 종만의 손가락은 어느 틈에 경옥의 입속에서 설컹 깨물렸다. 경옥은 종만의 손가락을 일부러 물은 것이었다. 종만은 선뜻 경옥이가 '변태 성욕자'나 아닌가? 하는 생각이 번개처

럼 지나쳤다.

이 순간 경옥은 벌써 종만의 앞가슴에 고개를 푹 처박고 두 손으로 종만의 허리를 껴안고 있었다.

종만은 갑자기 당하는 경옥의 태도에 불쾌와 공포와 고소를 느끼면서

"…… 경옥 씨! 갑자기 왜 이러십니까?"

하고 두 손으로 그의 어깨를 밀어내려 했다. 그러나 경옥은 도리어 종만의 손이 자기의 등에 닿자 소스라쳐 어깨통을 흔들면서

"…… 종만 씨……, 용서하세요……."

하고 떨리는 목소리로 조그맣게 소곤거린다.

"……."

종만은 어느덧 꿈속에 든 것처럼 정신이 얼떨떨해졌다. 그리고 불같은 본능의 힘에 이끌렸다.

불쾌, 공포, 고소의 감정이 어느 틈에 사라지고 다만 눈앞에 아른거리는 것은 젊은 여자의 몸뚱이뿐이었다. 새빨간 고깃덩이뿐이었다.

11

어느 틈에 봄이 되었다.

동대문 밖 넓은 거리를 헤치고 청량리 방면으로 달려오는 한 대의 자동차가 있다.

자동차는 청량리 대학 예과 옆구리로 커브를 돌려 얼마 동안 송림 사이의 길을 꿈틀꿈틀 돌아서 청량사 앞까지 다다라서는 빽 하고 스톱을 한다.

운전수가 문을 열기가 무섭게 뛰어나오는 것은 두 여자와 두 남자였다.

두 여자는 모두 이십이삼의 젊은 모던 걸들이었으나 두 남자는 사십 전후의 중년 신사였다.

두 여자 중 하나는 얇은 하늘빛 하부다에 치마에 계란 속껍질 빛 같은 벰베르크 미색 저고리를 입었고 또 한 여자는 조금 철에 늦은 듯한 자줏빛 저고리에 곤세루[57] 치마를

57) 감색 세루를 가리키는 일본 말

• 동대문 안쪽 종로 일대의 시가지 전경(서울역사아카이브)

입었다.

일행은 맨 앞에 금테 안경을 쓴 몸집이 뚱뚱한 회색 스프링코트를 입은 양복쟁이가 앞잡이가 되고 맨 뒤엔 인버네스58) 같은 것을 한 팔에 걸치고 한 손으론 맹종죽 스틱을 흔들며 고동색 세루 두루마기를 입은 키 큰 사나이가 따랐다.

금테 안경은 절 길에 서툶이 없다는 듯이도 왼편에 보이는 몇 채의 요정을 그대로 지나서 자기의 단골이나 되어 있다는 듯이 어떤 조용한 구석지 집으로 일행을 안내한다.

두 여자는 이런 절간에 와 본 경험이 없다는 듯한 어색한 태도를 보이면서도 뾰족구두를 벗어서 마루 위로 올려놓고 어름어름 사나이들을 따라 방으로 들어갔다.

사내 바지를 입은 여승이 유달리 넓적한 궁둥이를 보이면서 네 개의 앉을 방석을 깔아 놓고 나가자 두 여자는 딴 세상 사람이나 보았다는 듯이 괴상한 표정을 한다.

"…… 우리가 석왕사에 갔을 때가 언제던가?"

하고 금테 안경을 번뜩이며 뚱뚱한 신사는 해태59)를 피우면서 고동색 세루 두루마기를 입은 사나이를 힐끗하더니 두 여자에게로 시선을 옮긴다.

"…… 벌써 작년 가을이지! 그때가…….."

58) 소매 대신 망토가 달린 남자용 외투
59) 1920년대 초 조선총독부 전매국에서 생산한 담배 브랜드의 하나로, 일본 말 '카이다'로 불린 고급 담배

두루마기를 입은 사나이는 유달리 나온 광대뼈를 손수건으로 문지르면서 실낱같은 두 눈을 깜빡거린다.

"…… 그때 손 선생은 왜 안 가셨던가……?"

금테 안경은 살빛 저고리를 입은 여자의 얼굴을 노리면서 빙그레 웃는다.

살빛 저고리를 입은 여자는 얼굴이 조금 붉어지더니 다시 정색을 하면서 입을 연다.

"…… 그때 왜 미끄럼틀에서 잘못 내려 쏠리다가 엄지발가락을 삐었어서……."

"…… 오라, 바로 그때가 석왕사로 직원 원유회 가기로 작정한 바로 전날이었지요……."

신사는 안경을 또 한 번 번쩍인다.

"사실 그때는 손 선생이 빠져서 섭섭했습니다!"

신사는 이번엔 시선을 자줏빛 저고리에게로 옮긴다.

"…… 오 선생! 이번 처음 우리 유치원에 오신 만큼 우리 유치원 사정을 잘 모르실 겝니다. 물론 얼마 안 되는 보수를 위해서 오신 것은 아닐 줄 압니다. 지금까지 들락날락한 분들을 헤아리면 실로 이십여 명이나 됩니다만 보수를 위해서 나오는 분들은 불과 반년이 못 가서 들고나고 합니다. 그러나 오 선생도 짐작은 하시겠지만 이 손보라 선생은 우리 유치원에 오신 지 벌써 이 년이 넘었지만 여전히 꾸준하게 힘써 주시는 것을 보면 참으로 감사드릴 일이죠."

"원장 선생님, 그건 너무 지나치신 칭찬이시죠!"

• 해태 담배 포갑지(국립민속박물관)

하고 미색 저고리는 고개를 갸우뚱거리며 얼굴을 약간 붉혔다. 신사는 만족한 웃음을 띠면서

"…… 원, 천만에……."

하고는 안경 너머로 이상한 눈짓을 짓는다.

미색 저고리는 신사의 시선을 피하여 이웃 여자에게로 눈을 준다.

"…… 손 선생이 우리 유치원에 더도 말고 삼 년만 계셔 주셨으면…… 싶은 생각이 가끔 납니다마는 그것은 쓸데 없는 욕심이겠지!"

두루마기 입은 사나이는 세 사람을 번차례로 쳐다보며 입을 연다.

"…… 아니, 그럼 원감 선생님은 저더러 일찍 보모를 물러나란 말씀이세요?"

하고 미색 저고리의 여자가 깔깔 웃자

"…… 이키, 손 선생도 헛다리깨나 짚으시는구려. 그 말을 그렇게 해석해서 쓰오? 잘 들어 보구려. 손 선생 같은 예쁘장스럽게 생긴 젊은 여자는 말이오, 직업을 오래 갖는 예가 별로 없으니 말이죠, 뭐!"

두루마기의 사나이는 금테 안경의 동감을 구하려는 듯이 시선을 그리로 던진다.

"…… 손 선생! 원감 말씀이 옳소. 내가 그동안 경험해 본 예로 보면 대개가 그렇습다. 얼굴이 좀 아름다운 편이면 직업을 오래 못 가져요. 왜 그런지 모르죠, 원."

금테 안경의 신사는 담배를 재떨이에 끄고 나서 손바닥을 딱딱 친다.

"네⋯⋯."

하는 기다란 대답이 나자마자 금니를 해 박은 젊은 여승이 문을 열고 고개를 들이민다. 금테 안경은 양복 주머니에서 지갑을 꺼내더니 오 원짜리 지폐를 던져 주며

"⋯⋯ 과일 좀 사 오고 어서 점심 준비하우!"

한다. 여승은 두 여자의 지위가 부럽다는 듯이 힐끔 웃음을 던지면서

"네!"

하고 금니를 번뜩이며 문을 가만히 닫는다.

"대체 금이 흔하기도 하이⋯⋯, 허허허."

하고 광대뼈를 내밀며 웃는 것은 두루마기의 사나이였다.

"여보게, 자넨 그 여자를 여승으로 알지 말게. 말이 여기가 절이지, 이게 절인가? 요릿집이지."

금테 안경은 이 방면에 대한 철학을 통달한 듯한 어조로 입을 연다.

자줏빛 저고리를 입은 여자가 변소를 가려는지 부스스 일어서더니 문을 열고 나가자 얼마 뒤에 미색 저고리의 여자도 밖을 나간다.

방 안에 남은 두 사나이는 잠깐 아무 말도 없더니

"여보게, 좀 내다보게. 혹 가 버리지나 않았나!"

하고 안경 쓴 사나이가 불안한 표정을 하자 두루마기는

길 쪽으로 달린 유리창을 내다보면서

"…… 갈 리야 있다고. 자네가 실없이 굴지 않았다면!"

하고 싱겁게 웃는다.

"에끼, 미친 친구!"

"자네는 워낙 스케베이[60]니까……. 신용할 수 있나!"

두루마기는 창에서 시선을 돌리며 주저앉는다.

"에끼, 실없는 소리 말게. 딸 같은 것을 무얼 그러나 이 사람아!"

"그렇다면 자넨 지난가을 석왕사에 갔을 때 최복란을 집어센[61] 건 딸뻘인 줄 모르고 그런 것인가?"

"…… 여보게, 제발 그 이야기는 내지도 말게. 술 취해서 그렇게 된 것을 가지고 자꾸 되썹나? 자네는 밑구멍이 깨끗할 줄 아나? 자넨 왜 작년 봄에 보라가 오기 전에 현경이를 꾀어 가지고 인천 갔다 왔나? 나는 모르는 줄 아나? 지금껏!"

"쉬! 덮어 주세. 피장파장일세!"

"허, 허, 허!"

"아니 요것들이 어디로 빠져갔어?"

금테 안경은 벌떡 일어나서 문을 열고 구두를 신는다. 혼자서 방 안을 지키고 앉았기가 싫다는 듯이 두루마기의 사나이도 따라 나온다.

---

60) 호색가의 일본 말
61) 남의 것을 마음대로 가지다.

두 사나이가 나가자 두 여자는 뒷문으로 들어왔다. 이번에는 두 여자만 이 넓은 방을 차지하였다.

"…… 난 오늘 무슨 유치원 경영에 대한 중요한 의논이나 있을 줄 알았지, 절에 올 줄 알았으면 누가 나와! 빨래할 것도 많은데!"

자줏빛 저고리는 후회의 빛을 띠었다. 미색 저고리도 맞장구를 친다.

"…… 글쎄 말이유. 직업이 뭔지. 나는 절에 올 줄은 알았지만 거절을 할 수가 있어야지, 어디, 이게 말하자면 직원 위안회라는 게야. 작년 가을에도 석왕사를 가자는 것을 발을 삐었다고 핑계하고 안 갔고 온양 온천엘 직원 전부가 가자는데도 나만은 빠졌었지. 그랬지만 올봄 또 이 가까운 여기까지 빠진다면 결국 직업에도 관계될 것 같아서 오긴 했는데!"

하고 말을 잠깐 끊자 밖에서 구두 발자국 소리가 들리며

"…… 아니, 업은 아기 새집 찾는다고……."[62]

하는 금테 안경의 목소리가 들려온다.

얼마가 지나지 않아서 점점 밥상이 들어왔다. 커다란 교자상에 이십여 개의 반찬 접시가 널려 있고 밥은 공기와 통밥이 따로 들어왔다.

공교롭게도 밥통이 미색 저고리의 여자 앞에 놓였으므

---

62) 가까이 두고도 엉뚱한 데에서 찾아 헤맨다는 뜻의 '업은 아이 삼 년 찾는다'는 속담의 잘못

로 그는 얼른 공기를 들어 밥을 퍼서 사나이들 앞에 놓는다. 사나이들은 술을 가져다가 밥을 먹기 전에 석 잔씩을 번차례로 마신 뒤에 금테 안경이 한 잔을 따라

"…… 손 선생, 이거 술로 아시지 말고 소화약으로 아시고 조금만 마셔 보십시오!"

하고 미색 저고리에게 권한다.

"…… 안 먹겠어요. 밥이나 먹죠!"

그는 정색을 하고 거절을 한다.

금테 안경은 바짝 더 소리를 높이며

"…… 아니, 술이 아니라 약으로 아시라니까……."

하고 그 여자 앞에 술 담긴 잔을 갖다 놓는다.

"아녜요, 저희는 밥이나 먹겠어요. 저희가 언제 술 먹고 살았나요?"

그는 잔을 들어 금테 안경의 앞에다 놓고 나서

"선생님들이나 많이 잡수세요!"

하곤 두루마기 사나이의 빈 공기에다 밥을 담아 준다.

금테 안경은 이번에는 자줏빛 저고리에게 술을 권했다. 그러나 마찬가지로 거절을 당했다. 금테 안경은 약간 불쾌한 어조로

"…… 오늘 우리가 여기에 나온 것은 우리 직원끼리 유쾌하게 하루를 유흥해 보자는 데 그 목적이 있지 않소? 이 마당에 있어 남녀를 가린다는 것은 나로서는 좀 섭섭하오!"

하더니 빈 공기를 붙들고 뛰— 하고 두꺼운 두 입술을 내민다.

혼자만 먹고 있다가 어색하였던지 두루마기 사나이는 잔을 다시 여자들의 앞에 놓고

"…… 자! 우리의 유치원을 위해서 축배를 드는 셈 치고 한 잔씩 드시오, 제발 좀!"

하고는 미색 저고리의 여자에게 먼저 권한다.

그는 무엇을 느꼈는지

"축배라면 들겠어요! 그러나 한 방울 이상은 싫어요!"

하고 따라 놓은 술을 주전자에 지우려 했으나 벌써 주전자는 사나이 손아귀에 붙잡혀 있었다.

그는 어쩔 수 없이 마시는 체하였으나 실상은 반절이나 엎질러 버렸다. 이 모양으로 자줏빛 여자도 어쩔 수 없이 거의 한 잔이나 강제로 마셨다.

술은 이상하게도 독한 술 같다.

두 여자는 얼굴이 불그레해 왔다.

"…… 아주 복사꽃 같으시군요! 한번 거울을 보구려."

금테 안경은 빙그레 웃음을 띠고 능글능글한 눈짓을 미색 저고리에게 던진다.

미색 저고리는 약간 불쾌한 듯하면서도 억지로 조금 웃음을 띠면서 고개를 자줏빛 저고리에게로 돌린다.

그들은 밥상을 물리치고 모두 뒷산으로 올라갔다.

미색 저고리 곁엔 어느 틈에 금테 안경이 따랐다. 자줏

빛 저고리의 여자는 금테 안경이 따라붙은 미색 저고리를 서너 걸음 뒤에 쳐졌는데 두루마기 사나이가 그 곁을 바짝 붙어 섰다.

어느 소나무 사이에선지 젊은 패의 커다란 웃음소리가 마치 그들 두 쌍을 조롱이나 하는 듯이 들려온다.

오정이 조금 지난 제법 두터운 봄볕은 잔디 비탈을 뉘엇 뉘엇 내리비춘다.

12

그날 밤 자정이 가까워서 보라는 하숙에 돌아왔다. 그는 저녁때야 청량사를 나왔다.

전차 정류장에 닿자 원장인 백관철은 택시를 붙들었다. 보라는 어쩔 수 없이 택시를 탔으나 웬일로 그것이 불쾌스러웠다. 네 사람을 태운 택시는 선은(鮮銀)[63] 앞에서 스톱을 했다. '저녁에 볼일이 있어서 실례하겠어요' 하고······ 영화관에를 가자는 원장의 청을 거절하려 하였으나 보라는 어쩐지 용기가 나지 않았다. 만일 곁에 조수인 자줏빛 저고리의 여자가 없었으면 물론 그의 청을 거절하였을 것이라고 그는 생각하였다.

보라는 미색 저고리와 하늘빛 하부다에 치마를 벗고 오동꽃 빛 타월지[64]의 자리옷을 바꿔 입었다.

63) 조선은행
64) 타월 원단

• 조선은행(서울역사아카이브)
• 택시 차종 광고(〈조선일보〉1930년 3월 21일 석간 5면)
• 택시 차종 광고(〈조선일보〉 1928년 10월 7일 석간 5면)

방금 사진관[65]에서 보고 온 어떤 러브신을 회상하면서 보라는 또 한 번 조는 체하고 옆으로 스르르 어깨를 기대던 백 원장의 추근추근한 꼴이 연상되자 소스라쳐 진저리를 치고는 눈을 감고 이불 속으로 들어갔다.

보라는 웬일로 잠이 오지 않았다. 백 원장이 오늘 자기에게 대하여 갖는 태도, 그것은 암만해도 앞으로 자기 신변에 불리가 올 전조와도 같기 때문이다.

그는 또 한 번 자기를 때때로 '어여쁜 여자'라고 노골적으로 공석에서까지 칭찬하여 자기의 환심을 사려는 백 원장의 야심을 느낄 수 있었다는 듯이 머리를 좌우로 흔들어 금테 안경의 환영이 사라지기를 꾀하였다.

이튿날 아침이었다. 보라는 전과 같이 유치원엘 나갔으나 웬일로 벽에 걸린 원장의 사진이 자신을 업수이 여기는 것처럼 웃고 내려다보는 것 같아서 몸서리를 쳤다.

원장과 원감은 어저께의 피곤으로인지 원아들이 돌아간 뒤에도 나오지 않았다.

"…… 보라 언니, 이건 어떻게 치우?"

하고 자줏빛 저고리는 어떤 곡보 책을 들고 와서 일지를 쓰는 보라에게 묻는다. 이 순간 별안간 문을 노크하는 소리가 들리더니 웬 여자가 들어오자 조수는 고개를 그편으로 돌리기가 바쁘게 그 여자는

"…… 아, 보전이 언제부터 여기 왔어? 난 어저께야 누구

[65] 활동사진관. 오늘날의 영화관

- 제일극장(서울역사아카이브)
  종로 사 정목(오늘날의 종로 4가)에 위치했던 영화 상설관
- 우미관(서울역사아카이브)
  관철정 89(오늘날의 종로구 관철동)에 위치했던 서양영화 전문 상영관

에게 들었어!"

하고 친절을 떨면서 보라를 힐끗 쳐다본다.

"…… 어서 앉우. 그러지 않아도 어젯밤 꿈에 경옥 언니를 보았다우. 그래, 재미 좋우? 요새는…….."

하고 보전은 의자를 끌어다 그를 앉혔다.

보라는 일지 책을 덮어 치우고 경옥이라는 처음 보는 여자에게

"…… 앉으세요!"

하고 인사를 한다.

"…… 네, 일하시는데 미안합니다!"

하고 경옥은 의자에 걸터앉는다. 의자 밑바닥에서 스르륵 소리가 나더니 삐걱하고 네 다리가 움직인다. 보라는 한번 더 경옥을 보았다. 상당한 뚱보겠거니 느낀 보라는 그가 앉은 의자가 흔들리는 의자인 만큼 약간 걱정이 되었다.

"…… 그래, 요새도 이화동 가우?"

보전은 경옥을 힐끔 쳐다보았다.

"이화동?"

하고 경옥은 반문하더니 방긋 웃으며 대답을 피해 버린다.

"…… 그동안에 안 갔었는데 일전에 한번 갔었지!"

하고 그는 다시 말을 잇더니

"그런데 김이 앓아누웠어!"

하고 이마를 찡그린다.

"어디가?"

하고 보전도 이마를 찡그렸다.

"감기인 모양이야."

경옥은 자기가 약까지 달여 주었다는 이야기를 늘어놓는다.

보라는 그것이 누구인 줄은 몰랐다.

며칠 전 자기가 찾아갔던 종만은 감기로 앓고 있었다. 이 자리에서 경옥과 보전이가 감기로 앓고 누워 있다는 사내 이야기를 꺼냈지만 그것이 자기가 찾아갔던 이화동의 종만을 말하는 것인 줄은 민감 이상의 민감을 갖지 않고는 느낄 수 없는 일이다.

경옥과 보전의 이야기를 무의미하게 들어 섬기는 보라는 다만 감기로 앓고 누웠다는 이야기가 기억을 자극하여 며칠 전의 종만을 방문할 때의 일이 새삼스럽게 머리에 떠올랐다.

…… 처음으로 종만의 하숙을 찾아 들어갈 때의 자기의 감정은 실로 복잡하였다. 웬일인지 자기로도 해석 못 할 이상한 감정은 실로 복잡하였다. 웬일인지 자기로도 해석 못 할 이상한 감정의 힘은 자기로 하여금 그렇게 교제가 깊어지지도 않은, 너무도 일천한 그의 하숙을 대담하게 방문한 것이었다. 그것은 종만이가 자기의 오빠의 옛날 동지였다는 때문도 아니었다.

기차 속에서 친절을 다해 준 고마운 남성이었기 때문도 아니었다.

보라는 다만 종만이가 자기에게서 신분증명서를 찾아 간 사흘 만에 고마웠다는 두어 마디의 엽서 한 장을 던진 뒤로는 자기 하숙에 찾아올 듯한 눈치도 보였으나 이 주일이 넘도록 아무 소식이 없는 종만의 일이 퍽은 궁금하였으며 일종의 섭섭한 울적까지 새삼 솟았다.

말하자면 종만의 하숙을 방문한 것은 자기로서는 종만에게 보이는 약점이리라고 느끼지 않은 바는 아니었으나 그는 웬일로 불현듯 종만을 찾아가고 싶었다.

하숙을 들어서던 그날 저녁때 타월로 머리를 동여맨 종만은 미닫이를 반만 열어 보더니 벌떡 일어나 덮고 있던 이불자락을 제치고

"······ 아이유, 어서 오세요! 어떻게 용하게 찾으셨어요!"

하고는 빙그레 웃음을 떠었다.

보라는 종만이가 며칠 전부터 감기가 들었단 말과 지금은 나아가는 도중에 있다는 말을 듣고 한 시간 반쯤이나 앉았다가 돌아왔다.

보라는 하숙 주인을 불러 마치 그의 아내나 누이가 하는 부탁처럼 파와 북어를 넣어 따끈한 국물을 만들어 상에 놓으라는 당부를 하였다.

벌써 그것이 나흘 전의 일이었으니까 그동안에 나았으면 오늘쯤은 자기를 찾아올 것도 같다.

보전과 경옥은 무슨 긴요한 의논이나 있는 듯이 둘이서 밖으로 나가 무어라고 수군수군 이야기를 계속한다.

보라는 주섬주섬 테이블 위의 것들을 정리하고 옷고름을 다시 매고는 양말목을 무릎 위로 잡아 올렸다.

이윽고 문이 다시 열리며 두 여자가 들어오더니

"…… 가겠습니다. 일하시는데 방해만 놀았습니다."

하고 경옥은 가는 눈웃음을 치며 보라를 바라본다.

"원, 천만의 말씀을……."

하고 보라는 받아넘겼다.

"…… 언니, 나 좀 먼저 가우!"

보전은 구두코에 앉은 먼지를 헝겊으로 문지르면서 보라의 눈치를 살핀다.

"…… 나도 갈 작정이야, 같이 가지 뭐!"

하고 보라는 얼른 일어선다.

보라는 선뜻 두 시가 가까운 시계를 흘기면서 문을 열고 그들의 뒤를 따라 섰다.

보라는 혼자만 있는 직원실에 갑자기 어제의 원장이 뛰어들면 어쩌나 싶은 공포도 나지 않은 것이 아니었으나 혹 종만이가 자기를 찾아서 먼저 하숙으로 오지나 않을까? 혹은 무슨 편지라도 왔나? 싶은 예감이 떠올랐던 것이다.

세 여자는 북악유치원 정문을 나와서 샛골목으로 들어섰다.

13

종만은 감기가 나았음인지 외투를 벗어 버리고 그대로 거리 위를 나섰다.

벌써 그는 대학을 졸업한 학사이면서도 아직도 그의 몸엔 세비로가 걸쳐지지 못하였다.

겨우내 입어 내려온 곤서지[66] 학생복엔 때가 끼어 걸음을 걸을 때마다 햇볕에 희뜩희뜩 표가 나게 번쩍인다.

고향에서 다달이 보내 주던 학비도 졸업을 한 지금부터는 바랄 수 없는 그였으므로 양복점 외교원이 취직이나 작정되었는 줄 알고 뭣도 모르고 몇 번을 찾아와서 월부라도 해 주겠다는 청을 픽 웃고 거절해 버리고 난 그는 여전히 학생복 그대로 봄철을 나지 않을 수 없었다.

그러나 이미 대학을 나온 이상 사각모까지는 차마 또다시 쓸 수 없었음인지 옅은 회색빛 중절모자만이 낯선 대학

66) 감색 서지(serge)

단추를 내리 흘겼다.

그는 웬일로 빙그레 희망의 웃음을 띠면서 버스를 내려서 활개를 치고 안국동 네거리에서 화동 골목을 걸어 올라갔다.

그는 며칠 전 자기가 감기로 앓아누웠을 때 자기를 방문해 준 보라에게 감사의 인사를 하려고 보라를 찾아가는 길이다.

종만은 가회동으로 빠지는 골목으로 꺾어 걷다가 갑자기 옆 골목에서 툭 튀어 올라오는 보전을 만나게 되었다.

"…… 여, 보전 씨, 오래간만이군요!"

하기가 바쁘게 보전은

"어디를 이렇게 가세요……?"

하고 주춤하고 걸음을 멈추자 또 담 모퉁이를 돌아 나오는 치맛자락이 보이더니 전날 밤 자기에게 덤벼든 경옥이가 나타난다.

"…… 아니, 두 분이 지금 같이 어디를 가시는 길입니까?"

하고 종만은 경옥이에게 별반 인사를 따로 하지 않는다.

"…… 인젠 감긴 다 나으셨어요?"

경옥은 자기가 며칠 전 감기약을 지어다가 달여 짜 준 공이나 내세우겠다는 듯이 보전에게 종만과 자기와의 관계가 그다지 평범하지 않다는 것을 자랑이나 하는 것처럼 가는 눈을 작게 뜨고 종만에게서 보전에게로 웃음을 던진다.

"어서 그럼, 바쁘신 모양인데……."

하고 종만은 중절모를 약간 들었다 놓으며 헤어지자는 뜻을 표하였다.

그러나 웬일로 이 두 여자는 주춤거리고 서서 서로 무슨 말이 나오기를 고대하는 듯이 눈치만을 서로 살핀다.

종만은 오래간만에 대하는 보전에게 너무 섭섭할 것도 같아서

"…… 참, 요새는 학교에 안 나가신단 말씀을 들었는데……."

하고 화제를 꺼냈다.

"…… 네, 그만뒀어요. 그리고 요새 하도 심심해서 요 아래 북악유치원에 나와 아이들하고 놀지요!"

보전은 조금 얼굴을 붉히면서 방그레 웃음을 띤다.

"네? 북악유치원에요?"

종만은 선뜻 놀랐다. 어떤 반가운 기분이 번개처럼 지나치자 곧 어떤 단순치 않은 감정의 힘이 머리를 싸늘하게 스쳤기 때문이다.

보전은 종만이가 선뜻 이상한 표정을 가져 주는 참의미가 보라 때문인 줄은 전혀 모를 일이었다.

"지나시는 걸음이 계시거든 놀러 오세요……."

보전이 인사를 하자 종만은 쾌활하게

"네! 가지요!"

한다.

"그럼……. 안녕히 다녀가세요."

보전이가 종만에게 먼저 인사를 하자 경옥도 따라서 굽신하고는 발길을 옮기려 한다. 종만은 모자를 또 한 번 들었다 놓으면서 걸음을 계속했다.

보전이가 유치원에서 나오는 것을 보아 보라도 하숙으로 돌아갔을 것이 틀림없었다. 그는 이십여 일 전에 무례하게 변태 성욕적으로 자기를 유혹한 경옥이가 새삼스럽게 무서워졌다.

그날 밤 경옥은 확실히 성욕에 미친 계집이었다. 자기의 가슴에 머리를 처박고 그리고 두 팔로 자기의 허리통을 끼고 그러고는 소스라쳐 몸 전신을 떨면서 "종만 씨! 용서하세요!" 하면서 자기를 유혹하였던 경옥이었고 또한 그 유혹에는 어쩔 수 없이 자기로서는 깜빡 자기의 자존심이나 이지의 힘을 망각해 버리고 다만 일순간의 본능적 충동에 사로잡혔었다.

종만은 '아차!' 하고 금방 후회하였으나 벌써 그것은 아무 효과 없는 후회였다.

경옥은 그 이튿날도 그다음 날도 찾아왔었다. 그러나 종만은 완강하게 버티었다. 그러면 그럴수록 경옥은 마치 어떤 큰 성공이나 한 것처럼 벙글벙글 웃어 가며 마음 놓고 버릇없는 행동을 감행하기 시작했다.

종만은 경옥이에게 자기가 어째서 져 버렸는지 지고 나서도 생각하니 까닭 없이 분했다.

그는 경옥이 같은 여자를 평해 말하자면 '창부형의 여

자'라고 하고 싶었다. 창부형의 여자에게 유혹을 당한다는 것은— 아니, 그 계집의 성적 상대로 비록 한때나마 이용을 당한다는 것은 그다지 남에게 자랑할 거리가 못 될 것이라고 느낀 종만은 경옥이가 자기를 찾아오는 도수가 늘어가면 늘어갈수록 경옥에 대한 실증과 권태는 점점 더해 갔다. 실증과 권태뿐만 아니라 종만은 너무도 와락와락한 경옥이가 실로 무서운 것이었다. 그 무서움이란 앞으로 어떻게 자기를 들춰 가며 주책없는 일을 꾸밀 것도 같은 예감에서 온 것이었다.

더구나 보라가 있는 유치원에 비록 경옥과 사이가 그다지 맞지 않고 성격이 다르다고는 하나 그가 잘 알고 있는 보전이가 있으므로 앞으로 보라와 자기와의 사이를 (지금까지 아무런 후회될 일을 하지는 않았지만) 보전이가 눈치채게 되고 그래서 다시 보전으로 하여금 경옥이가 알게 되고 그래서 그것이 다시 경옥의 경솔과 창부적 질투에서 노골적으로 보라에게 비화된다면? 하고 공상을 계속하면서 발길을 보라의 하숙 앞까지 옮겨 놓았다.

그러나 보라는 하숙에 아직 돌아오지 않았다.

보라가 유치원에 아직도 남아 있는가 하고 달려갔으나 유치원엔 벌써 문이 잠겨져 있다.

종만은 선뜻 자기를 방문하려 나가지나 않았나 하는 예감이 떠돌았다. 그러나 만일 길이 어긋날는지 몰라 다시 하숙으로 가서 명함에 인사를 적어 내주며 보라에게 전하

라고 부탁하고선 거리로 나와 동소문을 가는 버스를 잡아
탔다.

14

보라는 유치원을 보전과 경옥과 함께 나와서 자기 집으로 가는 골목으로 들어섰다가 갑자기 벙글벙글 웃음을 띠고 아래서 올라오는 어저께의 원장 백관철을 만났다.

"…… 손 선생! 그러지 않아도 지금 급한 일이 하나 생겼는데 별로 바쁘신 일은 없죠?"

하고 그는 안경 너머로 보라를 넘겨다 본다.

"…… 무슨 급한 말씀이에요?"

보라는 걱정스러운 빛을 띠었다.

"…… 다른 게 아니라 저 평양 사는 어떤 부자 과부 한 분이 지금 종로 어떤 여관에 묵고 있는데 그분은 평양서도 백선행[67] 다음은 가는 사업가로서 특히 유치원 같은 기관에는 경영자가 말 한마디만 가서 잘하면 두말하지 않고 몇 천 원씩을 기부하는 인데……. 오늘 좀 손 선생하고 나하고

---

[67] 백선행(1848~1933). 일제 강점기 평양에서 활동한 여성 부호이자 사회사업가

• 종로 이 정목 풍경 (서울역사아카이브)

같이 가 보는 것이 좋을 것 같아서……. 지금 손 선생이 유치원에 계신가? 혹 가셨는가? 하고 오는 길입니다."

"네? 몇천 원씩이나요?"

"글쎄요, 낸다면 적어도 이천 원, 삼천 원쯤은 내는 이래요! 평양 어떤 유치원은 그이가 만 원을 기부해서 굉장히 잘되어 간다고 일전에 신문에도 났더군요!"

원장은 다시 말을 잘라서

"…… 지금 얼른 좀 가 보실까요?"

하고 보라의 표정을 훑는다.

유치원에 기부할 만한 사람을 방문해 보자는 의견에 보모로서 불찬성할 수야 없는 일이다. 보라는

"네! 그럼, 지금 가 보시죠!"

하고 그의 뒤를 따랐다.

"적어도 몇천 원이니까……. 그건 전부 손 선생 맘대로 유치원 설비로 쓰시오……."

그는 보라의 앞을 서서 기운을 뽐내었다.

보라는 백 원장을 따라서 거리로 나왔다. 백 원장은 종로 이 정목 어느 뒷골목에 파묻힌 '×× 여관'이라는 문패가 붙은 집 앞에 걸음을 멈추더니

"…… 이 여관인데, 가만히 여기 좀 서 계시오. 아는 사람과 혹 맞부딪힐는지 모르니……."

하고 안으로 쑥— 들어가 버린다.

한 십 분쯤 지나자 실망한 듯한 표정을 하고 백 원장은

뛰어나오며

"…… 마침 없구려! 그런데 지금 자세히 주인에게 물어 봤더니 인천 자기 동생 집에 갔다는구려. 그런데 손 선생! 까딱하면 좋은 기회를 놓치겠는데 어떡하나!"

하고 얼른 다시 말을 이어

"손 선생, 우리 차비 좀 내버릴 셈 치고 인천 좀 갔다 옵시다. 왜 그런고 하니 인천서 서울에 오지 않고 배로 해서 진남포로 돌아갈는지도 모른다는구려. 그리고 차로 가더라도 서울에 들르지 않을 모양이라는데……. 참……, 한 가지 더 물어봐야지……."

하고 백 원장은 다시 뛰어 들어간다. 조금 있다가 얼굴에 희망을 보이며 뛰어나온다.

"…… 오늘 아침 차로 인천을 내려갔으니까 오늘 밤은 틀림없이 인천에 있을 모양이구려."

백 원장은 다시 가부를 말하지 않고 엉거주춤하고 서 있는 보라에게

"…… 우리 산보 겸 갔다 옵시다. 잘하면 몇천 원이 공으로 생기는 판인데……."

하고 보라의 얼굴을 훑는다.

보라는 공돈 몇천 원이 생기면 무엇보다도 보육 문제에 관한 훌륭한 참고 서적을 사서 책상에 꽂아 두고 연구하고 싶은 생각과 좀 더 원내의 설비를 일신하게 할 수 있겠다는 생각과 더구나 그 돈이 되면 그 용도는 자기의 자유에 맡기

겠다는 백 원장의 말이 구스름하게 들려서

"…… 네, 가지요. 제가 가서 될 것 같으면 가야죠!"

하곤 쾌히 승낙을 하였다.

"…… 왜 그런고 하니 나 혼자만 가서 내가 북악유치원 장이라고 명함만 불쑥 내밀고 기부를 청하면 생전 못 보던 사람을 신용하지 않을 것은 뻔한 일입니다."

백 원장은 보라와 둘이 가면 적어도 몇천 원이 현금으로 자기 손에 들어올 것 같은 자신을 보라에게 보이기에 힘썼다.

"참! 손 선생! 명함 지금 가지셨습니까?"

하고 백 원장이 묻자 보라는

"…… 아이참, 명함이요? 집에 있는데……. 어떡하나!"

하고 보라는 걱정을 떠었다.

"…… 그럼 이렇게 합시다. 이 일이 성공될 때까지는 우리가 비밀을 지켜야 할 터이니까 하숙에 가서도 말씀 말고 또 보전 씨나 원감에게도 아직 침묵을 지키는 게 좋을 터이니까……, 그런데 좋은 수가 있군. 우리가 명함만 내놓더라도 그이가 신용하기가 곤란하니까 우리 유치원 사진이나 몇 장 가지고 가 봅시다."

"글쎄요……, 그럼 제가 가서 가지고 오지요!"

"바로 전차를 타고 오시죠. 나는 종각 앞에서 기다릴 터이니……."

보라는 다시 유치원으로 와서 유치원 원사 사진과 직원 일동이 찍은 사진을 두어 장 찾아냈다.

보라는 웬일로 이 동안 종만이가 자기 하숙을 다녀간 것 같은 영감의 발작을 느끼자 불같이 하숙엘 얼른 들어가 보고 싶었다.

그래서 그는 바쁜 걸음으로 하숙을 들어서서 방문을 열어 봤다. 편지가 안 왔으면 명함이라도 있겠지 하고 느낀 순간 아니나 다를까 방바닥에 종만의 명함이 놓여 있다. 뒤에는 연필로

'…… 감기는 다 나았습니다. 안 계셔서 못 뵙고 도로 집으로 갑니다. 오후 두 시 십오 분.'

라고 적혀 있다.

보라는 얼른 시계를 봤다. 겨우 종만이 다녀간 지가 삼십 분 전이었다고 느끼자 무엇을 잊은 것 같은 환멸이 스스로 머리끝을 스친다.

보라는 명함을 집어넣고 바깥을 나가면서 주인에게 누구든지 찾아오거든 일곱 시엔 꼭 돌아올 터라고 말하라는 부탁을 남기고 전차를 탔다.

기다리던 원장은 빙그레 웃으면서 보라와 함께 한강행 전차를 잡아탄다.

경성역에 내린 원장은 인천행 시간표를 보았으나 마침 차가 떠나고 난 이삼 분 뒤여서 아직도 한 시간 동안이나 기다리지 않을 수 없다는 것을 발견하고 나자 보라를 바라보며 은근히 발음한다.

"손 선생, 우리 이 층 식당에 가 점심이나 먹고 갑시다.

• 경성정거장(경성역)(사진엽서)(국립춘천박물관)

시간도 넉넉하니……."

보라는 별로 사양하지 않고 이 층 식당으로 올라갔다.

보라는 갑자기 두 달 전 고향에서 돌아올 때의 종만과 정식을 먹던 생각이 그림처럼 떠올랐다.

이 원짜리 정식을 주문한 원장은 보라의 기분을 이따금 살펴보려 애썼으나 보라는 어떤 공상에 잠긴 표정으로 이웃 식탁을 물끄러미 쳐다만 본다.

그들은 정식을 먹고 나서 네 시에 떠나는 인천행 기차를 탔다.

상인천에서 내린 그들은 원장이 앞을 서서 주소를 찾는다고 이 골목 저 골목 헤매다가 용리[68] 어떤 골목 'X X 여관'이라는 간판이 붙은 집으로 쑥 들어가며

"손 선생! 가만히 계시오! 있나 없나 그것부터 봐야지."

하고 들어간 그는 삼사 분 후에 나오더니 아주 성공이나 한 듯한 만족을 띠고

"…… 됐어, 됐어! 이리 오시오! 손 선생!"

하며 그 집에서 훨씬 떨어진 모퉁이에 와서

"…… 지금 그 노인이 월미도 조탕(潮湯)[69]엘 갔는데 조탕에서 나와서 바로 그 곁에 'XX관'이라는 데서 저녁을 잡술 작정이래! 자! 우리 기왕에 왔으니 성공하고 갑시다!"

하고 지나가는 택시를 불러타고는 월미도 'XX관'으로

---

68) 지금의 동인천 용동
69) 바닷물을 끓여 데운 목욕탕

달렸다.

'××관'이라는 커다란 금 글자의 간판이 붙은 집은 보라로서는 서울서도 별로 보지 못하던 집이었다. '××관'의 주위에는 소나무가 차고 그 사이로는 물결 소리가 들려왔다.

번쩍번쩍 빛나는 것은 현관이었다. 죽 놓여 있는 슬리퍼는 모두 고급품이었다.

원장이 선뜻 들어서자 삼사 명의 하녀가 무릎을 꿇고 일제히 절을 넙신하면서

"…… 이랏샤이마세!"[70]

하고는 얼른 일어서서 슬리퍼 두 켤레를 공손히 내놓는다.

보라는 원장의 뒤에 따라서 들어갔다. 어쩐지 이런 일본 요릿집에 평양 노인이 와 있을 것 같지 않은 생각이 갑자기 머리를 스쳐 오르자 혹은 원장에게 속지나 않았나 싶은 무서움이 발작했다. 하녀가 안내해 주는 방은 이 층에도 막다른 구석지 양실 문으로 된 다다미방이었다. 서쪽 창의 커튼을 하녀가 걷어 놓고 나가자 유리창 밖으로 보이는 것은 바다의 낙조(落照)였다. 저녁 해는 붉은 피를 바다에 내뿜은 듯 한줄기 북새[71] 속에 가렸고 그 밑으론 불그레한 바다 물결이 출렁거리고 있다.

"…… 서울에선 도저히 이런 경치 못 봅니다!"

---

70) "어서 오십시오!"라는 뜻의 일본 말
71) 노을을 가리키는 전라도, 충청도 방언

원장은 담배 연기를 공중으로 내뿜으며 보라의 눈치를 살핀다.

"…… 평양 노인을 어서 보셔야지요……."

보라는 의심 나는 눈초리로 원장의 태도를 훑었다.

"…… 지금 조탕에서 목욕 중일 터이니까……. 곧 목욕이 끝나면 이리로 오겠지!"

원장은 태연하게 능장을 피운다.

"아니 그럼 조탕 문밖에서 기다리는 것이 낫지 않아요?"

보라의 음성은 약간 높이 울렸다.

"…… 글쎄, 가만히 계시오. 이리로 들어온대도, 원……."

원장은 역시 태연하게 껄껄 웃는다.

어느 틈에 전깃불이 밝았다. 조탕으로 전화를 걸어 보겠다고 원장은 아래층으로 내려갔다 오더니 실망의 기색을 띠면서 입을 연다.

"…… 그놈의 늙은이가 구경도 무척 좋아하는 모양이오. 똑딱선을 타고 바다 구경을 나갔다는데……, 한 이십 분 전에……."

보라는 의심이 불같이 일어났다. 모두가 거짓말 같았기 때문이다.

똑딱선을 타고 바다 구경을 나갔다는 것까지를 조탕 사람들이 어떻게 알고 있다가 원장에게 말해 준 것인가? 그것부터가 거짓말 같은 것을 미루어 전부가 자기를 속여 가지고 꾀어낸 수단이 아닌가? 하고 보라는 몸서리가 칠 만큼 그의 음흉한 계획이 무서워 왔다.

보라는 얼른 틈을 타 가지고 빠져나오고 싶었다. 그러나 커다란 요릿집 구석지 방에 처박힌 자기로서는 웬일로 살짝 빠져나올 자유가 없을 것도 같았다.

보라는 변소에 나오는 체하고 문을 열고 나오자 곧 뒤를 따라 나오는 것은 원장이었다.

"변소 가려면 나 따라와요!"

하고 그는 앞잡이를 서서 친절한 듯이 변소를 안내한다.

보라는 몸을 피하기조차 어려워졌음을 깨달았다. 그리고 갑자기 어떤 무시무시한 정경이 눈앞을 어른어른하자 소스라쳐 몸이 떨려옴을 느꼈다.

십 분, 이십 분 시간이 감을 따라 보라는 모든 것이 확실히 거짓말이었다는 것을 자기의 표정을 살피려고만 하는 원장의 표정을 통하여 뚜렷이 깨달을 수 있었다.

보라는 벌써 자기가 독 안에 든 쥐 모양으로 어떤 반항을 해 보겠다는 적극적 심리 작용보다도 까닭 없는 공포와 전율이 가져오는 소극적 감정이 가슴을 흔들기 시작했다.

아니나 다를까 이윽고 들어오는, 보라로서는 처음 보는 굉장한 저녁상을 대하였을 때 더한층 깜짝 놀랐다.

"…… 아니, 그이를 얼른 봐야 하지 않아요. 저녁은 왜 먹어요!"

"…… 손 선생두 딱하우. 요릿집에 들어온 이상 아무것도 먹지 않고 어떻게 도로 나가우. 평양 여편네가 돌아올 때까지 한 시간만 더 기다려 봅시다."

원장은 다시 아무 걱정이 안 된다는 듯이도

"뭐, 그거 한 시간만 기다려 봐서 이리로 안 오면 아까 갔던 '××여관'으로 갑시다. 어쨌든 성공을 하고 가야지 않우⋯⋯."

이렇게 말을 내놓고는 가끔 유리창 밖에 어두워진 초저녁 바다를 안경 너머로 흘겨보면서 밥공기를 든다.

보라는 한 시간만 더 기다리자는 말엔 거짓이 없으려니 했다. 그래서 어서 한 시간이 지났으면 하는 생각으로 밥공기를 들었다.

원장은 혼자서 술병을 기울였다. 보라는 어제의 청량사일을 생각하고 또 겁이 났다. 어쩐지 또 권할 것 같은 예감이 일어나자 금방 밥공기를 내던지고 밖으로 뛰어나가고도 싶었다. 아니나 다를까 원장은 자기가 마시던 조그마한 잔을 물에 씻어서 술 한 잔을 따라 가지고는 보라에게 권한다. 보라는 선뜻 가슴이 무너지는 것 같은 무서움이 용솟음쳤다.

원장은 다짜고짜 술잔을 들고 와서 빙긋이 웃으면서 보라의 입에다 강제로 마신다. 보라는 이제야 끝까지 속아 온 자신의 어리석음을 뉘우칠 수 있었으나 이미 때는 늦었다고 생각된다.

찐득찐득 느름느름한 백관철인 줄을 자기로서 모르는 바가 아니었으나 그래도 오늘의 일은 거짓말이 아니거니

하고 따라온……. 너무나 그를 원장으로 믿어 버린 자기의
경솔이 새삼스럽게 후회되었다.

　보라는 일부러 시간만 자꾸 보내려는 수작같이도 밥공
기를 오래 들고 앉아서 노닥거리는 그가 비열하기 짝이 없
어 보였다.

　하녀가 상을 물린 뒤에 원장은 경성행 기차 시간을 하녀
에게 물어본다. 아홉 시 십 분과 열 시 오십 분에 올라오는
것밖에 적당한 것이 없다고 보라에게 언명한 그는 시간이
넉넉하다는 듯이 늑장을 피우면서 조끼 단추를 따고 넥타
이를 끄른다.

　보라는 선뜻 일어섰다. 퍽 자연스러운 태도로 변소에 나
오는 것처럼 방바닥 위에 있는 휴지를 서너 장 집어 가지고
문을 열려 했다. 갑자기 원장은

　"…… 어디를 가우?"

　하고 문을 탁 막으면서 빙글빙글 웃는다.

　"…… 아니, 비키세요. 변소 가요!"

　"변소? 금방 갔다 오고 또?"

　그는 좀처럼 문을 열어 주지 않는다.

　"앗?"

　하고 보라는 전신에 흐르는 전율을 느끼자 갑자기 울음
이 터져 나올 것만 같았다. 원장은 문 앞에서 보라 편으로
발길을 옮겨 놓으면서 취한 술 냄새를 풍기며 보라의 어깨
를 툭툭 치고는

• 인천 월미도 해수욕장(서울역사아카이브)
• 월미도 유원지(서울역사아카이브)

"보라 씨, 용서하시오! 사실은 이것이 보라 씨를 조용히 만나려는 연극이었으니까……."

하고 한바탕 너털웃음을 웃어 젖힌다.

"네……?"

보라는 깜짝 놀라며 음성을 떤다. 그리고 이제야 속았다는 듯한 표정으로 그를 쏘아보며 뒤로 서너 걸음 물러섰다.

원장은 보라 편으로 발길을 또 옮겼다. 보라는 억지로 입에다가 퍼마셔 준 술기운과 분한 생각에서 오는 심장의 고동이 심해짐을 깨달았다.

얼른 이 방을 뛰어나가려고, 대드는 원장을 뿌리치고 문을 쫓아가 열었으나 벌써 문은 열쇠로 잠겨져 있었다.

원장은

"하하하……."

소리를 치면서 승리나 한 것처럼 한바탕 웃어넘기더니 갑자기 보라에게로 대들며 보라의 한편 팔뚝을 힘세게 끌어 앉힌다.

15

이튿날 아침이었다.

보라는 하숙 주인이 떠들썩하는 소리에 어렴풋이 눈이 뜨였다.

지난밤의 원장에게 받은 모욕을 생각하면 생각할수록 분했다. 그는 결국 개처럼 대드는 원장에게 사수해야 할 최후의 물건까지도 여지없이 빼앗기고 말았다.

누구에게 이야기를 하고 복수를 해야 옳을지 보라는 생각할수록 치가 떨렸다. 보라는 당장 고소라도 하고 싶은 생각도 났으나 그것은 결국 백가를 망쳐 놓기보다도 그것이 신문에 기재가 되면 도리어 자기 자신이 이 세상에 얼굴을 내놓고 다닐 수가 없을 만큼 부끄러운 일이라고 느껴 버리자 이가 갈려지는 복수감만이 더욱더 불같이 가슴속을 태울 뿐이다.

보라는 첫째, 자기가 약한 여자가 된 것이 분해졌다. 그리고 직업여성이 된 것이 후회되었다. 여자가 아니었다면…… 그리고 직업여성이 아니었다면 백관철을 알 리 없고 백관철에게 모욕을 당할 리 없을 것이라고 느껴진 보라는 까닭 없이 서러웠다. 보라는 이불을 걷어차고 벌떡 일어났다.

자리옷 바람으로 그는 테이블 위에 걸린 거울 속에 자기의 얼굴을 비춰 봤다.

거울 속의 얼굴은 자기의 얼굴이었지만 벌써 어저께의 자기 얼굴이 아닌 것 같았다. 그는 한없이 자기를 비웃는 것 같은, 거울 속의 얼굴을 쳐다보기가 싫었다.

그는 흩어진 머리를 가리려고 빗이 들어 있는 테이블 서랍을 열었다. 어저께 넣어 두었던 종만의 명함이 선뜻 띈다.

보라는 이 순간 그의 얼굴이나 대한 것처럼 반가운 감정이 떠올랐으나 어느 틈엔지 스르르 느껴지는 양심의 가책이 더 컸다.

종만이가 만일 어젯밤 일을 안다면? 하고 보라는 어떤 광경을 상상하면서 머리를 빗었다.

원감이 안다면? 보전이가 안다면? 하숙 사람들이 안다면? 하고 그는 경우를 달리하여 골고루 상상해 보았다. 그러나 자기의 참맘을 알아줄 사람은 없을 것 같았다.

다만 있다면? 하고 종만을 상상도 해 봤으나 어쩐지 종만에겐 높은 기품만을 느낄 수 있지 아직 모든 것을 털어놓고 의논할 수 있을 흉허물이 없을 만큼 교제가 익숙하게 전개되지 않은 이상 다만 그에게 대한 호감만을 가지고는 그가 자기의 참마음을 알아주리라고 느낄 수 없었다.

그는 옷을 주워 입고 방을 치운 다음 세수를 하러 밖에 나왔다.

위선자 백관철의 경영인 유치원이매 단연 오늘부터 그만두고 싶은 생각이 끓어올랐다.

그러나 한편으로는 오히려 그렇게 하는 것이 서툰 정책도 같았다. 그것보다도 우선 당장 유치원을 그만두고 나오면 실직자가 될 걱정이 머리를 지나치자 그렇게 되면 하는 수 없이 다른 곳으로 직업을 구하거나 그렇지 않으면 모든 것을 단념하고 고향으로 내려가거나 할 수밖에 없는 일이었다.

그렇다면 지금 당장 유치원을 그만둔다는 것은 비록 자기의 깨끗한 감정을 위해서는 마땅한 일일 것이나 밥을 먹어야 살아가는 자기의 이해를 위해서는 정녕코 서툰 정책이라고 생각된다.

그는 세수를 하고 들어와서는 어젯밤에 백 때문에 구겨진 미색 저고리와 하늘빛 하부다에 치마가 갑자기 보기 싫어져 아무렇게나 집어 뭉쳐서 반침 속으로 집어던지고 가을에 넣어 두었던 검정 치마와 흰 부사견[72] 저고리를 새로 꺼내 입었다.

그는 벽에 걸린 시계를 힐끔 쳐다보고 전보다 시간이 조

72) 명주실로 짠 부드럽고 따뜻한 옷감

금 늦었음을 깨달았음인지 밥을 먹는 둥 마는 둥 부리나케 유치원으로 나갔다.

조수 보전은 먼저 와서 자기를 기다리고 아직도 종을 치지 않았다. 천진한 유아들은 양지 쪽에서 짝짜꿍을 하면서 재재거리고 논다.

보라는 어젯밤의 백의 야비한 행동을 보전에게 일일이 보고하여 보전으로 하여금 앞으로 백에게 속지 말라고 경계하고도 싶었다. 어젯밤 일을 모르는 보전은 앞으로 정녕코 자기와 같은 모욕을 당할 것만 같은 예감이 떠오르니 보라는 보전이의 한 달 뒤 혹은 두 달 뒤의 일이 적이 근심되어 왔다.

오정 때가 조금 지나자 원아들이 다 돌아가고 막 하숙으로 돌아오려고 보라가 일어서자 갑자기 문이 열리며 들어오는 것은 전날 청량사에 같이 갔던 고동색 두루마기를 입은 원감이었다.

보라와 보전은 기계적으로 고개를 조금 갸우뚱거리며 인사를 한다. 원감은 웬일로 기분이 그다지 좋지 못한 표정을 보이면서

"…… 아, 원장 어른이 어젯밤에 별안간 낙상을 하셔서 오늘 아침에 병원에 입원하시었답니다그려!"

하고 누가 말하기가 바쁘게

"나도 지금 병원엘 가 봐야겠는데……. 두 분 선생, 한가하시우?"

하고 의견을 묻는다.

보라는 속으로 통쾌하였다. 그러나 대답의 눈치를 기다리는 보전이의 표정을 살피고는 시치미를 떼면서

"…… 전 지금 몸이 아파서 못 가겠어요……."

하고 거절해 버렸다.

"…… 그럼 내일이라도 가 보시구려. 대학 병원 외과 입원실 십팔 호로……."

보라는 원감의 말을 들은 둥 만 둥 따라 일어서는 보전이와 함께 문밖을 나섰다.

하숙으로 돌아온 보라는 가슴이 타 버릴 것같이 화 기운이 치밀어 올라왔다.

자기의 명예나 체면을 희생시키는 것쯤을 문제할 것이 아니다. 야수와 같은 색마 백관철의 비행을 단연 사회에 폭로해 버려야 옳을 자기 자신이 아닌가? 하고 새삼스럽게 이가 부드득 갈렸다.

그렇다면 오늘의 자기의 취한 태도, 백의 경영인 유치원에 끄덕끄덕 발길을 들여놓았던 그것이 비록 자기로선 일시적 정책이라고는 생각했다. 하지만 그것은 너무도 자기 자신의 비겁을 보이는 것이었고 너무도 자기 자신의 소극적인 성격을 들여다보이는 것뿐만이 아니라 이미 백가의 손아귀에 넘어간 패전자로서의 항복을 의미하는 것으로 볼 수 있지 않을까? 보라는 자기의 오늘의 태도가 너무도 크나큰 실책이나 한 사람처럼 고개를 테이블 위에 푹 처박

았으나 새삼스럽게 솟아오르는 복수감엔 어느 틈엔지 전신이 부르르 떨리기 시작했다.

그렇다. 신문사를 찾아가자! 그래서 모든 것을 다……하고 보라는 선뜻 한 가닥의 결심이 나타났다. 그러나 백관철을 매장하는 신문 기사에는 반드시 자기의 사진이나 성명이 드러날 것이 생각되자 그는 백가보다는 더 큰 창피와 망신을 당할 사람은 자기 자신이 아닌가 하고 주저하지 않을 수 없었다.

"…… 이럴 때에 오빠가 있었다면……."

보라는 또 한 가닥의 사색에 잠겼다.

오빠가 만일 있었다면 이 말을 모두 다 설파해도 조금도 창피하지 않을 것 같았다. 그리고 두말을 더 듣지 않고 냅다 뛰어가 백관철을 흠뻑 짓밟아 버릴 만한 성냥알 같은[73] 자기의 오빠가 몹시도 그리워 왔다.

그러나 이제 그것은 쓸데없는 공상이었다. 보라는 어느 틈에 스르르 눈앞을 어른거리는 종만의 얼굴을 느낄 수가 있었다.

"…… 모든 것을 종만에게 설파할까? 그렇다! 종만의 힘을 빌려 복수를 할 수밖에……."

보라의 사색은 여기까지 와서 잠깐 머물렀다.

보라는 남성의 힘을 빌린다면 다만 종만밖에는 다른 사람이 없음을 잘 알고 있었으나 그러나 종만이가 과연 자기

73) 성냥알은 성냥개비. '성냥알 같다'는 성냥불처럼 확 타오른다는 뜻이다.

의 예상한 바와 같이 백의 비행을 듣고 의분에 뛰는 주먹으로 자기를 대신하여 복수를 해 준다면 모르지만 오히려 자기를 비웃고 따라서 젊은 남성으로서의 자기에게 가져 내려온 어떤 기대가 있었다면 그 기대에 대한 환멸을 이 기회에 훅 느끼지나 않을까? 그렇다면 차라리 전부를 비밀에 부치고 침묵으로써 가슴속만 썩이는 수밖에 별다른 방법이 없을 것도 같다고 그는 생각하였다.

그는 마치 천근이나 되는 쇠뭉치로 머리통을 얻어맞은 것처럼 정신이 흐리멍텅해지기 시작했다.

어느 틈에 그는 테이블 위에 고개를 푹 숙이고 있었다. 그리고 자기도 모르는 사이에 눈알이 빙그르 돌면서 추르르 하고 손등 위에 눈물이 흘렀다.

그러나 그는 소스라쳐 정신을 차렸다. 그리고 무슨 큰 결심이나 했다는 듯이도 테이블 서랍을 잡아당기더니 편지지를 끄집어낸다. 그는 서너 줄을 떼어서 '사직원'이라고 석 자를 썼다. 그러다가 갑자기 펜을 집어던지고 쓰던 종이를 집어서 싹싹 비벼 버리고는 서랍을 다시 열고 편지지를 집어넣는다. 이 순간 아침에 꺼내 본 종만의 명함이 선뜻 보라의 시선을 또 흔든다.

보라는 사직원까지 내서 자기가 그만두겠다는 것을 미리 알려 주는 것이 어쩐지 그자들의 편리를 위해 주는 못난이의 짓도 같았다. 어쨌든 그까짓 데 나가지 않았으면 그만이라고 생각한 보라는 벽에 붙여 놓았던 유치원 시간표를

짝짝 찢어 버렸다.

16

찻집 '멕시코'[74] 깊숙한 구석지 한편 쪽엔 회색 중절모자를 푹 눌러쓰고 쓰메에리 학생복에 담배 연기를 내뿜는 종만을 발견할 수 있다. 그는 맞은편에 홍차를 마지막 마셔 버리고 난 박을 얼굴을 노리다가 입을 연다.

"…… 그럼 자넨 언제 떠날 작정인가?"

"…… 일주일 내로 떠나야 한다니까……. 제길 하필 걸려든 게 함경도야!"

박은 다소 불만한 표정을 보이다가 그러나 어떤 성공의 쾌감을 느꼈다는 표정을 보이며

"…… 종만이 자네도 별수 없느니, 무엇보다도 빵 문제를 해결한 뒤에……."

박이 여기까지 입을 열자 확성 축음기에서 갑자기 요란한 행진곡이 울려 나온다.

74) 오늘날의 종로 1가 부근에 있던 카페

박은 눈을 지그시 감고 휘파람을 불면서 구두 끝으로 박자를 치고 있다. 종만은 일변 박의 경우와 자기의 경우를 대조해 보았다. 박은 벌써 월급쟁이가 되었다.

박이 『취직 전술』을 연구할 때부터, 그리고 작년 가을부터 밤이면 으레 모모 교수와 모모 과장 집을 찾아다니는 양을 보았을 때부터, 종만은 박이 반죽이 좋은 인간이라고 느껴 왔다.

비록 전공한 부문은 다를지언정 같은 수준의 대학을 졸업한 박과 자기! 박은 벌써 취직을 했는데 자기는 아직도 앞일이 막연한 오늘의 두 대조! 종만은 그것이 자기의 성격에서 온 모순이라고 느끼지 않을 수 없었다.

"…… 여보게, 종만이! 좌우간 논다는 게 문제이니까 말이야! 이력서를 한 장 써 가지고 ××과장을 방문해 보는 것이 어때?"

"이력서?"

종만은 빙그레 웃고 아무 말도 하지 않는다. 그는 무엇을 잠깐 생각하는 표정을 하더니 벽에 걸린 영화 광고 포스터로 무심히 시선을 던진다.

"…… 취직은 무엇보다도 외교에 있던데……."

박은 다시 이야기를 끄집어낸다.

"자네 같은 자존심이 강한 사람으로서는 취직 운동은 못 하리! 내가 한 취직 전술을 공개한다면 아마 훌륭한 소설이 하나 될 걸세!"

"…… 어떻게 했단 말인가? 어디 참고로 듣세, 좀!"

"…… 난 전부가 『취직 전술』에서 배운 방법뿐이었으니까……. 그야말로 기계적이라면 기계적이지, 무어."

박은 여기까지 이야기를 내놓고 곁에 딴 사람이 없음을 기회로

"내가 ×× 과장에게 이력서를 갖다 준 것이 언제인지 아나? 놀라지 말게! 작년 가을이었네."

"작년 가을?"

"그것뿐인 줄 아나? ○○ 교수에게도 ×× 교수에게도 벌써 석 달 전에 갖다 주었던 것일세. 이 사람아, 이력서만 미리 갖다 주었다고 된 줄 아나? 내가 그들의 집을 방문한 것이 아마 한 집에 삼십 번씩은 훨씬 넘으리."

종만은 갑자기 박의 이야기가 듣기 싫어졌다. 사내자식이 머리를 굽신굽신 숙이고 '하, 하' 하면서 무릎을 꿇고 설설 기었을 박이 한없이 저열하다고 보이지 않을 수 없다.

"여보게, 전술을 위해서는 점령 지대를 포기하고 퇴각하는 수가 있지 않나! 자네에게 충고할 것은 그것일세. 여보게, 자넨 자존심을 죽여야 하네. 내 말이 귀에 거슬리거든 제발 취직될 때까지만 좀 죽여 보게. 더구나 여자 앞에선……. 자존심이란 절대로 주의할 것이지……."

"고맙네! 그러나 나는 내가 자존심이 강한 편이라고 느껴 본 적은 없는데! 그리고 자존심 때문에 실패해 본 적도 아직은 없는데……."

종만은 말을 끊었다가 다시 이었다.

"그렇지만 자네 말과 같이 자존심 때문에 앞으로 내 몸을 망치는 수가 있을는지 모르지!"

그리고 나서 종만은 다시 싸늘한 표정을 지으면서

"그렇지만 그것은 하는 수 없는 일이지! 선천적으로 타고난 내 성격이나 기질을 인공적으로 개조시킬 수 있나……, 하하하."

담배 연기를 푸— 하고 천정으로 내뿜는다.

"…… 그럼 대체 자넨 어떤 직업을 원하나? 좀 듣세!"

박은 좀 답답하다는 듯이 약간 이맛살을 찌푸리고 새로 해 입은 남빛 양복 소매 안으로 밀려 나온 와이셔츠를 우그려 넣으면서 종만의 대답을 기다린다.

"……."

종만은 웃고만 있었다. 박의 묻는 의도가 조금 유치하다는 듯이 종만의 웃음은 어디엔지 냉소에 가까웠다. 이윽고 종만은 입을 연다.

"…… 사람에겐 누구에게나 직업이 다 있어야겠지. 그리고 자기의 그 직업이 어떤 부문의, 어떤 종류의 것이든지 조금이라도 불만이 없어야 하겠지. 그만큼 사회가 그 인간의 직업을 존중히 여겨 주고 그 인간의 지위나 명예를, 직업을 표준해서 차별하지 않는다면 모르거니와 지금 사회는……."

여기까지 종만의 말을 듣던 박은 갑자기 말을 막으면서

"…… 그야 누가 모르나! 코 흘리는 소학생더러 물어보게. 구루마꾼이 좋으냐 자동차 탄 신사가 좋으냐? 하면 결국 그 어린 소학생 입에서 나오는 답이 '구루마꾼이나 자동차 탄 사람이나 마찬가지지!' 할 때라야 비로소 사회는……."

하고 박이 입을 열자

"응! 이야기가 재미있게 전개되는걸!"

하고 종만이 양념을 뿌린다.

"…… 그렇지만 결국은 '완전무결'이란 것이나 '과학적 조직체'라는 것인 인간 사회를 지배할 날이 올는지가 의문이거든!"

하고 박이 종만의 표정을 살핀다. 종만은 잠깐 침묵을 지켰다.

"…… 종만이! 자네더러 구루마를 끌라면 자넨 그것을 좋다고 나설 텐가?"

박이 이렇게 말하자

"…… 나서지! 그렇지만 다만 내게 그 구루마를 끌 만한 완력이 없어 걱정이지……."

종만은 그것이 소위 근래 떠드는 양초 가락 같은 손가락을 가진 책상물림의(소위 창백한 인텔리의) 비애라는 것을 잘 알고 있었다.

"…… 결국 나는 자네에게 언명하네마는 남의 앞에 고개를 숙이고까지 설설 기며 구직을 하기 싫으니까, 그것만은 앞으로도 양해해 주게."

종만은 보이를 불러 커피를 주문한다.

"…… 이번에는 내가 내세. 비루 가져와!"

박은 종만의 주문을 막고 비루를 주문한다.

"…… 하여튼 자넨 잘되었네. 함경도 색시한테 장가나 잘 들게!"

종만은 담배 꽁지를 구두 끝으로 비벼 버리고 보이가 따라 놓은 비루 컵을 박과 같이 들어 올린다. 박은 컵을 얼른 말려 놓고

"…… 난 싫으이, 딩한 그따위 함경도 걸들을……."

하고는 종만의 컵에다 비루를 따른다.

어느 틈에 저녁때가 되었는지 전등이 홱 밝아졌다. 종만의 몸엔 알코올 기운이 제법 기어들기 시작했다.

"…… 여보게, 이게 자네 취직 턱인 셈인가? 웬 셈인가?"

종만은 테이블 위의 비루 병 수효를 세면서 박의 붉어져 오는 얼굴을 바라보았다.

"…… 어쨌든! 마시게나! 그까짓 것 취하면 그만이지!"

문이 열리더니 새 양복들을 입은 말쑥말쑥한 모던 보이들이 둘씩 셋씩 짝지어 두어 패나 들어온다. 조용하던 찻집 안이 갑자기 시끄러워진다.

"…… 자……, 우리는 가세!"

박은 앞을 서고 종만이 뒤에 서서 문 쪽으로 걸어갔다. 박이 문을 열자 갑자기 밖에서 마주쳐 들어오는 새 양복의 향수 냄새가 코를 찌르는 모던 보이가 있다. 박이 한쪽으

로 다가서며 길을 통해 주자 그 순간 종만은 모던 보이의 뒤를 따라오는 여자를 발견하더니 "아—?" 하고 깜짝 놀란다. 그것은 경옥이었기 때문이다. 경옥은 오늘만은 자기에게 찾아올 때 이상으로 얼굴에 농한 화장을 하고 향수를 뿌렸다.

종만은 경옥이가 미처 자기를 쳐다보지 못했으리라고 느끼는 순간 얼른 고개를 숙여 버리고 힐끗 뒤를 돌아다보고 문밖을 나가는 박의 시선과 마주치며 문을 밀고 거리로 나섰다.

"여보게, 결국 경옥이란 계집애의 정체는 그런 게로군!"

하고 박이 먼저 입을 벌리자 종만은

"허허허."

하고 한바탕 웃고 나서 약간 흥분을 보이며

"일이 묘하게 됐는데…… 잘됐어! 정녕코 그 자식이 일가붙이나 형제간은 아닐 터이니까!"

하고 또 한 번 웃어 젖힌다.

종만은 경옥이가 일주일쯤 전에 자기가 감기로 누웠을 때 왔다 간 뒤로는 그동안 일체 소식이 없더니 오늘 이 사실과 부딪히고 보매 그동안의 경옥의 생활 내면이 그림처럼 머리에 떠올라 왔다.

"창부형? 음란녀?"

하고 경옥의 얼굴을 그려 본 종만은 새삼스럽게 싸락눈 오던 그날 밤 일이 불쾌하기 시작했다.

"…… 인젠 오지 않을걸 아마! 자네와 얼굴이 마주치지 않았나?"

하고 박이 입을 열자

"글쎄, 워낙 내가 속하게 시선을 피했기 때문에……."

하고 종만은 차라리 얼굴을 마주쳤더라면? 뒷일이 편할걸! 하는 얇은 후회가 떠올랐다.

17

알코올 기운은 종만의 머릿속을 몽롱하게 하고도 남았다.

박은 동대문 밖 일갓집에 인사를 간다고 바로 전차를 타고 가고 종만은 혼자서 하숙으로 돌아왔다.

미닫이를 열고 방으로 한 발을 디뎌 놓자 발바닥 위에 무엇이 밟힌다. 그는 고개를 숙였다. 한 장의 봉함 편지다. 먹으로 쓴 그의 아버지의 필적이었다.

종만은 뜯어 볼 생각도 하지 않고 그대로 책상 위에 팽개치고는 모자를 아무렇게나 걸고 이불 뭉텅이를 베고 아랫목에 쓰러졌다.

갑자기 눈앞을 어른거리는 것은 자기 고향의 일이었다. 종만은 벌떡 일어나서 미닫이를 와르르 열어젖히고 냉수를 청하였다. 속이 답답한 사람이 흔히 하는 것처럼 냉수를 한꺼번에 반 사발이나 들이키고는 후— 하고 숨을 한목[75]

75) 한꺼번에 몰아서 함.

• 동대문(사진엽서)(국립춘천박물관)
• 동대문 방향의 경성 종로 교차점(사진엽서)(국립춘천박물관)

몰아쉬고 나서 고개를 돌려 책상 위의 봉함을 집는다. 봉투를 길이로 쭉— 하고 찢자 알맹이 편지가 혓바닥을 내민다.

그는 편지를 폈다. 그는 띄엄띄엄 뛰어서 요령만을 읽는 것처럼 휙휙 다음 장으로 찌푸린 이맛살을 던져 버렸다.

'…… 너는 인제 대학을 졸업한 사람이 아니냐……'라는 구절이 그의 눈에 선뜻 띄자 두어 줄 건너서 '늙은 부모와 젊은 네 아내는…… 네 손에……' 이런 구절이 또한 연달아 나타난다. 그는 미처 그 밑을 읽지도 않고 대여섯 줄 넘겨 뛰었다.

'…… 어디든지 취직을 해서…… 그렇지 않으면 네 아내를 오월달에 올려 보내겠다…….'

종만은 나머지 장은 볼 필요도 없다는 듯이 편지를 한목 뚤뚤 비벼서 책상 위에 아무렇게나 던져 버리고 다시 이불 뭉텅이에 고개를 기대고 담배에 성냥알을 그었다.

푸— 하고 내뿜은 담배 연기가 젖빛 같은 전등 불빛을 타고 방 안 공기를 흐려 놓는다.

그는 쓰메에리의 단추를 한 손으로 터 놓고 숨을 또 한 번 크게 내쉬었다. 알코올 기운은 점점 더 올라오는 것 같았다. 그는 직각으로 더 심해져 가는 심장의 고동을 느끼면서 몽롱한 가운데 눈을 스르르 감아 전등 불빛을 피하였다.

감은 그의 눈앞엔 활동사진처럼 모든 환영이 한꺼번에 나타나기 시작했다. 그는 머리를 좌우로 흔들어 버렸으나 금방 읽다가 팽개친 그 필적의 임자, 그의 늙은 아버지의 얼굴이 대사(大寫)[76]되어 나타난다. 늙은이의 얼굴은 노여움이 가득 찬 완고한 얼굴이었다. '이놈아! 오 년 동안이나 너를 믿어 내려온 네 아내를 어떻게 할 터이냐?' 하고 늙은이는 고함을 지른다. 종만은 또다시 고개를 좌우로 흔들고 눈을 스르르 떴다. 쨕쨕쨕쨕 책상 위의 시계는 자기의 청춘을 파먹어 들어가는 벌레의 날카로운 이빨과도 같이 그의 귀를 자극한다.

그는 또다시 모든 것을 잊어버리려고 잠이나 들까 하여 눈을 감는다. 이번에는 그의 늙은 어머니의 얼굴이 나타난다. 쪼글쪼글한 얼굴의 노파는 '애야, 너는 어디에 마음이 팔려서 한 달이 넘도록 편지 한 장 하지 않느냐……' 애원하는 듯한 음성을 뚜렷이 던진다. 종만은 그 순간 그의 어머니의 환영이 어느 틈에 사라지고 아무 말 없이 고개를 푹 숙이고 애수에 잠긴 자기의 아내의 그림자가 나타나자 소스라쳐 눈을 뜨고 벌떡 일어나 버렸다.

그는 오 년이 넘도록 자기 집에서 오직 부모의 치다꺼리나 해 내려온 그의 아내가 가여웠다.

그러나 가엽다는 동정은 어디까지든지 미적지근한 동정 이외에는 아무것도 아니었다.

일 년에 한 번밖에는 더 못 내려갔다 온 그였으나 너무도 거짓말같이 아내의 방이라곤 들어가기가 싫었다. 그러

76) 인물이나 사물의 일부분을 화면에 크게 나타내는 것. 클로즈업

므로 그는 늙은 어머니가 타이르는 말도 짓밟아 버리고는 흔히 밤이면 친구들과 어울려 불국사에서 자고 들어오곤 했다. 이렇게 하여 아내를 피한 자기였기 때문에 일주일 이상을 머무르지 않고 강습이니 숙제니 핑계를 하고서 서울로 올라오곤 했다. 성질이 웬만큼 팔팔한 여자였다면 그는 시집을 살지 않고 친정으로 봇짐을 싸 가지고 간대도 벌써 옛날일 것이지만 그는 너무도 무저항의 여자였다. 너무도 인형 그대로의 전형적 타입인 조선의 구여성이었다.

종만은 그 아내에게 대한 애정을 못 느끼는 것뿐만이 아니라…… 그 너무도 양(羊) 같은 …… 개성이 없는 일개 로봇과 같은 그 아내가 한없이 싫었다.

자기를 믿고 자기를 바라고…… 오 년 동안이나 청춘을 덧없이 썩혀 버린 그 아내가 말하자면 바보였다고 보지 않을 수 없었다. 남편으로서의 자기에게 대한 태도가 말할 수 없이 쌀쌀하고 냉정하다는 것을…… 좀 영리한 여자였다면 벌써 느꼈을 것이 아닐까? 그렇다면 단연 그는 젊은 여자로서의 앞길을 위하여 — 새로운 길을 걸었어야 옳은 일이 아니었을까?

그러나 그는 여전히 자기를 믿고 자기를 바라고 있지 않은가? 종만은 여기까지 사색의 가닥 길을 걸어 나왔다. 종만은 다시 이불 위에 쓰러졌다.

"…… 왜 네 아내가 싫으냐! 이놈!"

하고 완고한 그의 아버지의 호령 소리가 들리자 그는 이

옥고 대답에 주저하지 않을 수 없었다.

그가 병신이 아닌 이상 그가 용서할 수 없는 범죄를 하지 않는 이상 이론으로는 그를 박차 버릴 수야 없다. 그러나 그에 대한 머리카락만 한 애정이라도 느낄 수 없는 오늘 어떻게 또한 그를 아내라고 맞이하여 한집에서 고락을 같이할 수 있을 것인가? 애정이란 것은 결코 절대적의 것이 아니오, 상대적의 것인 인상 자기가 그에 대한 애정이 없으면 그 역 비록 자기를 믿고 바라고 있다는 늙은 아버지의 대변(代辯)이 있지마는 자기와 마찬가지로 자기에게 대한 아무런 미련도 갖지 않고 있어야 옳은 일이 아닐까? 그렇다! 그는 내게 대한 아무런 관심도 없어야 옳을 것이다…….

종만은 여기까지 사색의 길을 더듬어 왔다.

'문제는 간단하다…….'

그는 어떤 해결의 비결을 탐구했다는 듯이 몽롱하던 머릿속에 스르르 한 가닥의 결심이 떠올라 왔다.

'…… 그렇다, 구체적으로 내 태도를 발표할 때가 왔다!'

종만은 속으로 중얼거렸다. 하루라도 속히 자기의 아내에게 자기의 태도를 발표하였어야 옳았을 자기였다고 느꼈으나 대학을 마치기 전에는 감히 입을 벌릴 수 없는 자기였다. 즉 그것은 완고한 그 아버지의 노여움을 삼으로써 대학을 중도에 그만두지 않으면 안 되게 될 위험성이 비쳤기 때문이다.

그러나 종만은 그렇게까지 한 개의 죄 없는 여성을 희생시키고자 대학을 졸업한 오늘의 성과란 실로 공허하기 짝이 없음을 깨달을 수 있었다.

남들은 중학을 졸업하고도 취직을 했네 하고 떠들고 자기와 같이 영문과를 나온 삼십여 명의 지기(知己)들도 이제는 반수 이상이 취직되었음을 느끼자 그는 새삼스럽게 자기의 대학 졸업이라는 것이 이제 와서 자기 자신에게 아무런 효능이 없다고 생각하지 않을 수 없었다.

그러나 그것이 자기가 취직이 못 된 데 대한 원망이라거나 후회 같은 감정에서 온 것은 조금도 아니라고 생각한다. 취직 운동을 하지 않은 자기였으니 취직이 못 된 것은 오히려 당연한 일이라고 그는 생각한다.

멍— 하고 사색의 어둠 길을 더듬는 그의 눈앞에는 전등 불빛이 어느 틈에 몽롱하게 흐려 왔다. 갑자기 아무것도 보이지 않았다. 암흑! 우울, 고민의 몇 가지 감정이 머리를 흔들고 지나치자 그는 소스라쳐 또다시 벌떡 일어났다.

18[77)]

그는 모자를 집어쓰고 밖을 나섰다. 밤거리라도 한바탕 거닐어서 두 다리에 피곤을 올려 가지고나 들어오지 않으면 좀처럼 잠을 못 이룰 것 같은 울적한 기분이 알코올 기운이 바짝 올랐다 스르르 식어져 내리는 데 따라 더욱더 심해져 갔다.

그는 거리로 나섰다. 이화동 버스 정류장에는 총독부 앞까지 가는 버스가 와서 스톱을 한다. 그는 선뜻 어저께 버스를 잡아타고 보라를 보러 가던 기억이 떠올랐다.

그는 쫓아가서 버스를 잡아타고 보라나 보러 갈까? 싶은 생각이 없지도 않았다. 그러나 어저께 자기가 찾아갔었으니 오늘 또 찾아간다는 것은 너무 경솔한 짓일뿐더러 자존심을 죽이는 것이라고 생각한 그는 보라가 먼저 자기를

77)『신동아』연재본과 단행본 모두 18장 표시가 없다.『신동아』5권 7호(1935년 7월호)에서 제6회 연재가 시작되는 부분을 기준으로 삼았다.

• 조선총독부 신청사(서울역사아카이브)

찾아오는 것이 이번의 순서며 자기로서도 마땅히 기다려 볼 만한 태도라고 느꼈다.

어느 틈에 버스는 쓰르르 하고 미끄러져 달아나 버린다. 그는 정처 없이 발걸음을 옮겨 놓았다. 그는 오색 전등이 어린 종로 오 정목 거리에 와서 주춤하고 발길을 멈추었다.

우울한 기분에 못 이겨 거리로 뛰어나오긴 했으나 사실 갈 만한 곳이라고는 아무 데도 없었다. 차라리 전등을 끄고 이불을 푹 둘러쓰고 억지로 잠이나 들려 보는 것만 못했을 것 같다고 그는 새삼스럽게 후회하였다.

만일 그가 바로 자기 하숙에 보라가 찾아와서 자리를 기다리고 있는 줄 안다면 그는 얼마나 희망에 뛰는 바쁜 걸음으로 발길을 돌려 놓았을 것인가?

인간의 인스피레이션이란 발작되지 않아도 좋을 경우에 이르러서는 뚱딴지처럼 너무나 지나치게 발작되는 수가 있으니 그것을 말하여 소위 제육감(第六感)이라고 하지마는 또한 어떤 때는 실로 발작해야 할 경우에 이르렀으면서도 너무나 의외로 둔감 이하의 둔감으로 추락되어 영감으로서의 기능을 발휘하지 못하는 수가 있으니 종만은 지금 자기의 영감이 둔감으로 추락된 줄조차 조금도 깨닫지 못하였다.

그가 하숙을 뛰어나온 바로 십 분이 못 되어 그의 하숙으로 찾아온 것은 보라였다. 보라는 아까 유치원에서 돌아와서 저녁 밥상이 들어올 때까지 백관철에 대한 복수의 플

랜을 세우던 나머지 모든 것을 믿고 부탁할 사람은 다만 종만밖에 없다고 최후로 결심을 하고 초조한 모습으로 종만을 찾아온 것이었다.

"…… 잠깐 기다리시지요. 바람 쐬러 간 듯한데."

하고 주인 마누라가 권하는 바람에 보라는 왔다 갔다는 표라도 적어 놓고 갈까 하여 빈방 미닫이를 열었다. 자욱이 꺼 있는 담배 연기! 구겨진 이불! 이불 밑에 뾰주름히 내다보이는 함부로 구겨진 신문! 그는 먼저 미닫이를 열어 놓고 연기를 나가게 한 다음 이불 가닥을 개어서 한편으로 정돈한 뒤에 구겨진 신문을 펴려고 한 손으로 잡아당겼다.

보라가 신문 사회면을 펴자 굵다란 활자로 '작야[78] 인도교서 자동차 충돌'이란 미다시 곁에 '승객 백관철 씨는 중상'이란 작은 미다시가 눈에 띈다.

보라는 얼른 본문을 훑었다.

> …… 지난밤 열한 시가 지나 자정이 가까웠을 때 조용하던 한강 인도교상에는 뜻밖의 자동차 충돌 사건이 생겨서 소란을 이뤘다는데 이제 그 자세한 내막을 듣건대 노량진 방면에서 스피드를 놓아 달려오는 인천 택시 경(京) 187○호는 시내에서 노량진을 향하여 질주하던 용산 택시 경(京) 9○○5호와 공교롭게 다리 한가운데서 대충돌을 하게 된 것이라는데 마침 승객으

78) 昨夜. 어젯밤

로는 시내 북악유치원 원장 백관철 씨가 인천서 오던 자동차에 탔을 뿐이고 용산 택시는 용봉정(龍鳳亭)에서 불러서 나가던 빈 차였다 하며 양편의 운전수는 다행히 경상을 당하였으나 전기 백관철 씨는 약 삼 주일간의 치료를 요하는 중상을 당하였다는데 충돌의 원인은 속력을 너무 놓은 운전수의 부주의도 있겠지만 전기 백 씨는 무슨 긴급한 일이었던지 인천서부터 자동차 속에서 시계를 꺼내 보곤 초조한 태도로 운전수에게 경인(京仁) 마지막 차가 닿을 열한 시 오십 분 안에 경성역에 닿도록 속력을 놓으라는 부탁이 있었기 때문에 운전수는 초스피드를 내어 경인 마지막 차를 추격해 오게 된 것인데 전기 자동차가 노량진에 굽어 들었을 때에는 마침 한강철교를 요란히 울리면서 경인 막차가 용산역을 행할 때였으므로 백 씨는 또 한 번 운전수에게 스피드를 내라는 부탁을 하였던 때문이라 한다…….

보라는 갑자기 소름이 쭉쭉 끼쳐진다. 지난밤 일을 생각하지 않으려 했으나 싱긋이 웃고 열쇠로 문을 열어 주던 구렁이 눈 같은 백관철! 비록 정조를 짓밟힌 최후의 모욕을 당했으나 그러나 일 초라도 그 야수와 같은 백의 곁에 앉았기 싫은 자기! 자기는 방긋이 정책의 미소를 던지고 변소를 가는 체하고 열어 놓은 문을 박차고 달음질쳐 나와 인천역까지 허둥지둥 미친 사람처럼 달음 쳤을 때 마침 막차가 떠나려 하였다. 아슬아슬 일 초를 다투어 올라탄 자기의 초인력(超人力)엔 또 한 번 온몸에 소름이 끼쳐지며 꿈같이 아찔해진다. 변소만 간 줄 알고 속고 앉아서 자기를 기다렸을 백 원장 그는 기차가 떠나느라고 '뛰―' 하고 불던 기적 소리가 날 때까지도 설마 도망갈 줄이야 몰랐을는지 모른다. 그러다가 훨씬 지나서야 도망간 줄을 느꼈던 모양이었다고 생각되었고, 그는 만일 자동차가 충돌이 되지 않았으면 정녕코 경성역에서 능글능글한 백가를 또 만날 뻔했구나 싶어 갑자기 전신을 으스스 흔드는 소름이 쭉 끼쳐진다.

그는 지난밤 일을 생각지 말자고 보던 신문을 접어서 책상 위에 올려놓으려 했다.

책상 위에는 함부로 비벼 내버린 종이 뭉텅이와 우표가 붙은 구겨진 봉투가 보라의 눈에 띄었다.

보라는 번개처럼 이상한 기분이 머릿속을 스치며 지나친다.

그는 자기도 알 수 없는 호기심에 이끌려 얼른 종이 뭉텅이를 주워 펴 보고 싶었다.

'누구에게서 온 편지인데 저렇게 비벼 버렸나?' 싶은 호기심과 '어떤 내용이기 때문에?' 싶은 탐구심은 기어이 보라의 오른팔을 책상 위로 뻗게 하였다.

보라는 마치 도둑질이나 하는 사람 모양으로 가만히 구겨진 봉투와 종이 뭉텅이를 집어 내렸다. 구겨진 편지지를 퍼려고 손가락을 움직였을 때 그는 이상한 예감이 떠돌고 조그만 공포조차 일어났다.

그는 비로소 종만의 가정 환경과 거기에 대한 종만의 감정 전부를 알 수 있었다. 그는 구겨진 편지를 아까와 마찬가지로 다시 구겨트려서 놓았던 그 자리에 올려놓았다. 보라는 공연히 그것을 보았다고 후회하였다.

종만에게 아내가 있다는 사실! 완고한 그의 노부가 있다는 사실! 그것이 웬일로 그렇지 않아야 할 자기의 머릿속에 조그마한 환멸의 씨를 뿌리는 것 같았다.

보라는 실로 자기의 감정이 여기까지 진전되었던가? 하고 놀랐다. 보라는 의식적으로 종만에게 사랑을 구하려고 생각해 보지는 않았다. 그러나 그는 자기도 모르는 사이에 벌써 무의식적으로 종만을 연모하고 있다는 엄숙한 사실을 이 자리에 있어서의 자기의 전개된 가정을 통하여 또렷이 느낄 수 있었다.

자기가 오늘 밤 종만을 찾아와 종만에게 자기의 어제 일을 모두 설파하고 종만의 힘을 빌려 백관철에게 복수하겠다는 결심도 사실에 있어서는 종만이를 신망하고 연모하고 있는 감정의 부산물 이외에는 별다른 것이 아니었음을 그는 비로소 느낄 수 있었다.

엷은 환멸의 물결이 또 한 번 그의 가슴 바다를 출렁거리자 보라는 책상 위의 거울 속으로 물끄러미 자기를 바라보는 절망적인 자기의 얼굴을 읽을 수 있었다.

그는 무엇을 새로 생각한 사람처럼 벌떡 일어났다. 그는 저고리 앞섶을 여미고 나서 미닫이를 열고 마루로 나서서 구두를 신으려 했다. 자기로도 해석하기 어려운 오늘의 감정은 웬일로 자기의 발길을 가로막는 것 같았으나 타박타박 그는 뜰 아래로 발자국을 내려놓았다.

"…… 아니, 더 좀 기다리구려. 곧 올 터인데……."

하고 주인 마누라가 어디서 뛰어나오자 그는 가는 목소리로

"저, 오시더라도 누가 왔다가 갔단 말씀 마세요!"

하고 대문을 나섰다.

그는 한참 만에야 동소문 쪽에서 내려오는 차고로 들어가는 버스를 탔다. 돌아가지만은 전차로 연락해 가지 않을 수 없음을 깨달았기 때문이다.

종로 오 정목에 버스를 내렸을 때는 그는 공연히 사방을 휘휘 둘러보았다. 그러나 아는 사람은 아무도 없었다. 그는 또다시 힘없는 발길을 전차 정류장으로 옮겼다.

이윽고 전차가 닿자 그는 선뜻 올라탔다. 여기서 내릴 사람들 행렬 끝으로는 아까 종만과 헤어져 동대문 밖을 갔다 온다던 박이 양복 등을 보이고 손 고리를 붙든 채 섰다. 그는 앞에 사람들이 빨리 내리지 못하는 통에 돌아서서 이편 쪽으로 얼른 내려 버리려고 했다. 거의 무의식적으로 던져진 박의 시선은 공교롭게 보라의 시선과 마주쳤다. 보라

는 잠깐 상체를 숙여 인사를 했다. 어느 틈에 전차가 움직여지자 박은 다음 정류장에서 내릴 작정이었음인지 그대로 서서 보라를 내려보곤 입을 연다.

"어디 가셨다 오세요?"

"…… 저 여기까지 왔었어요!"

"네! 혹 종만 군 만나셨어요?"

"시간이 늦어서 댁엔 못 갔어요!"

보라는 천연스럽게 시치미를 떼면서 박의 표정을 살폈다.

"네……, 그러세요……, 아마 지금 종만 군이 있을 듯한데요……. 바쁘시지 않으시면 여기서 내려서 같이 가시지요……."

어느 틈에 전차가 사 정목에 와서 스톱을 하자 보라는 얼른

"…… 시간도 늦었으니 다음날 가지요……."

하고 거절을 하였다. 박은 조금 멋쩍은 기색을 띠며

"네……, 그러면 난 여기서 실례합니다."

하고 모자를 벗어 인사를 하고는 전차에서 뛰어내린다.

이때였다. 바로 이 순간이었다. 종만은 보라가 자기 하숙엘 찾아온 줄은 전혀 모르고 자기도 알 수 없는 어떤 변태적 심리에 도취되었음인지 연방 자기의 재래식 자존심의 발작도 없어져 버렸다. 그리하여 그는 무엇보다도 우울한 오늘 밤의 기분을 보라나 대함으로써 다소 명랑한 곳으로 전환시킬 수 있을 것 같은 기대를 가지고 보라를 찾았

으나…… 그러나 그는 어제 낮이나 마찬가지로 명함을 한 장 꺼내어 어멈에게 부탁하고는 그대로 발길을 돌려놓고 말았다. 그는 더한층 우울하였다. 어저께 보라를 찾아왔을 때는 혹은 보라가 자기를 찾아가지나 않았나? 하고 곧 돌아섰었으나 그것이 결국 자기의 어리석은 제육감에 지나고 말았기 때문에 그는 오늘의 보라의 외출까지 어제와 같은 제육감으로써 자기의 감정을 달콤하게 도취시키고는 싶지 않았다.

그는 두 손을 쓰봉[79]에 푹 처박고 길바닥을 쳐다보면서 터벅터벅 발길을 큰 거리로 옮겨 놓았다.

보라는 종로에서 전차를 내려 안국동에서 내려오는 전차를 기다렸다. 안국동에서 내려오는 전차는 동대문을 가는 두 대의 전차가 지나고 세 대째의 한강행 전차가 와 닿은 뒤에야 뾰주름히 이마를 나타내기 시작했다. 보라는 좌우편으로부터 안전지대로 모여와 섰던 사람들에서 오늘 낮에 유치원에 나왔던 원감을 발견하자 슬쩍 시선을 피해 버렸다. 원감은 어느 틈에 보라를 발견할 수 있었는지 보라 쪽으로 발길을 옮겨 오더니

"…… 손 선생! 웬일이오! 몸이 편치 않다더니……."

하고 입을 벌린다. 보라는 어쩔 수 없이 고개를 숙여 갸우뚱하고 나서 맞장구를 친다.

"예! 잠깐 볼일이 있어서요……."

79) 프랑스어 jupon에서 온, 양복바지의 일본 말

"내일은 꼭 좀 병원에 방문 가시오. 난 지금 병원에서 오는 길인데……, 중상이 돼서 원장 영감이 암만해도……."

하고 그는 말을 끊고 보라의 표정을 먼저 살핀다.

"네, 가죠."

하고 보라가 대답을 하자 어느 틈에 전차가 와 닿는다. 원감네 집이 삼청동이라는 말을 들었던 보라는 안국동에서 자기가 내리자 따라 내리는 그에게 퉤 하고 낯가죽에 침이라도 뱉을 만큼 공연히 더럽고 갑자기 미움과 분이 치밀어 올라왔다. 보라는 그것이 어저께의 백에 대한 복수감의 일부분으로서 무조건하고 그에게로 뻗치는 것 같아서 일변 그 감정을 누르려고도 했다.

원감은 보라 곁에 바싹 다가서서 걸음을 옮겼다. 별궁 담 모퉁이를 끼고 송현동으로 올라가다가 전등 불빛이 잘 비치지 않는 어두컴컴한 쪽에서

"조용한 틈을 타서 의논할 일이 있는데……, 손 선생."

하고 서론을 말한 뒤에 무슨 말을 끄집어내려 했으나 앞에서 보라 쪽 옆으로 휙 지나가는 사람의 그림자가 나타나자 그는 잠깐 말을 멈춘다.

휙— 지나친 시커먼 그림자, 그것이 종만인 줄을 보라는 몰랐다. 땅만 들여다보고 원감의 끄집어낸 말을 해부해 보려는 보라의 이 순간의 감각으로는 그것이 종만의 그림자인 줄 모를 것도 무리가 아니었다.

그러나 종만은 원감의 입으로부터 나오는

'…… 손 선생'이란 말이 선뜻 귀를 울리자 기계적으로 고개를 돌려 뒤 스타일을 훑었다. 종만은 발길을 멈추고서 여자가 전신주에 달린 전기 불빛 아래를 걸을 때 똑똑히 비치는 보라의 뒷모양을 확실히 느낄 수 있었다.

'…… 조용한 틈을 타서 의논할 일이?'

사십오륙 세의 음성 같은 그 사나이의 이런 말엔 종만은 선뜻 이상한 예감이 떠올랐으나 그것을 구태여 알고 싶은 호기심까지는 갖지 않으려 했다.

그러나 종만은 밝은 네거리로 나오게 되자 그 사나이가 어떤 사나이인지 슬며시 알고도 싶었다. 혹은 '손 선생'이란 이름을 붙이는 것으로 보아 보라가 맡은 어떤 원아의 부형인지? 그렇다면 조용한 틈을 타서 의논할 일이 있다는 것은 특히 그 아이의 보육에 대한 간절한 부탁과 청을 하려 함인지? 종만은 이렇게 생각해 버리는 게 자기의 단순치 않은 머릿속을 위해서 좋을 것 같았다.

그러나 웬일로 그렇게 단순히 해석해 버리기는 싫은 자기인 줄을 깨닫자 너무도 굵지 못한 자기의 감정에 슬며시 불쾌가 떠돌았다.

그는 어느 틈에 전차 정류장까지 왔다.

보라는 가회동으로 넘어가는 세걸음길에 와서 원감을 올려 보내고 자기 하숙 골목으로 굽어 들었다.

'조용히 할 말이 있는데……' 하고 은근히 어떤 의욕을 암시한 그의 말소리를 보라는 또 한 번 생각해 봤다. 그는 백관철과 동류항(同類項)에 속할 인간이라고 단안을 내려 버리고 말았다. 다시 만날 필요도 없거니와 내일부터라도 유치원을 그만두면 길거리에서 정면으로 만나는 일이 있더라도 못 본 체하면 그만이라고 그는 생각하였다.

하숙방 문을 열었을 때는 방바닥에 종만의 명함이 던져 있었다. 보라는 일변 깜짝 놀랐다. 그리고 서로 길이 어긋났던 것을 깨달을 수 있자 그대로 터벅터벅 돌아갔을 종만의 뒷모양이 스르르 눈앞을 어른거린다. 그러나 어느 틈에 그는 '그는 이미 아내가 있는 남자다!' 하는 생각이 번개처럼 떠돌자 갑자기 명함 든 손이 찌르르하고 맥이 풀리는 것 같았다. 그는 어느 틈에 자기도 모르게 테이블 위에 고개를 처박고 무거운 고민과 사색에 잠겨 버렸다.

종만이가 하숙으로 돌아왔을 때는 자기 방 미닫이에 어떤 여자의 그림자가 어른거리고 있었다. 그는 주춤하고 발길이 멈춰지며 경옥을 연상하였다. 구둣발 소리를 느꼈던지 미닫이의 그림자가 움직여지더니 드르렁하고 미닫이가 열리며 얼굴을 나타내는 것은 바로 경옥이었다. 종만은 아까 멕시코서의 광경이 떠오르자 갑자기 불쾌가 북받쳤다.

"…… 어딜 갔다 오세요……."

하고 경옥은 부드러운 인사를 던졌으나 종만은 말대답하기조차 싫었다. 그러나 종만은 그렇게까지 자기의 냉정을 나타내는 것이 오히려 경옥이로 하여금 자기에게 대한 질투의 감정으로나 오해할 염려가 있을 것 같아서 그는 다

소 기분을 돌리고

"네! 언제 오셨어요!"

하고 다른 때나 마찬가지로 평범하게 대꾸를 했다. 종만은 방으로 들어서면서 선뜻 눈이 먼저 책상 위로 쏠리자 아까 자기가 구겨 버리고 나갔던 봉투와 편지의 모양과 위치가 달라져 있는 데 놀랐다. 종만은 경옥이가 보지나 않았나? 싶은 생각이 떠돌자 경옥은 어느 틈에 눈치를 살핀 듯이

"…… 용서해 주세요. 난 뭘 그랬나 하고 펴 봤더니……."

하고 종만의 동정을 훑는다.

"…… 왜 남의 편지를 함부로 보시우……."

종만은 띵— 하고 한마디로 핀잔을 주었다. 그러나 경옥은 그것이 오히려 자기에게 던지는 남자로서의 애교로나 해석했음인지 갑자기

"호호호……."

하고 소리쳐 웃어 버린다.

종만은 실로 경옥이가 철면피라고 느껴지지 않을 수 없었다. 그는 먼저 비록 형식에 지나지 못하는 변명이나마 아까의 멕시코서 인사 못 한 허물에 대한 양해를 구해야 옳을 것임에도 불구하고 일체 시치미를 떼었다. 종만은 대담 무쌍하고 파렴치한 경옥이가 오늘 밤 자기를 내방한 데엔 불쾌의 감정보다도 오히려 공포의 감정이 더 컸다. 그는 이 순간 어떻게 해야만 일 분이라도 속히 경옥을 자기의 방에서 축방할 수 있을까? 하는 생각에 머릿속을 괴롭혔으나

"…… 당신은 내 방에 오래 앉았을 신분이 아니니 얼른 나가시오!"

하고 아주 불쾌하고 싸늘한 표정으로 입을 벌릴 용기는 일어나지 않았다. 그는 그것이 지난날 경옥에게 대하여 너무도 자기로서 경솔한 성적 유희를 감행했던 탓으로서의 자기의 약점이 가지고 있는 무기력인 줄 모르지 않았다.

그는 머리를 흔들어 기억을 마비시켜 버렸다.

'여자란 무서운 것, 여자란 멀리할 것.'

그는 어느 누구에선가 들은 일이 있던 이 말이 별안간 생각되었다. 한순간의 본능의 충동! 한순간의 유혹! 그것으로 자기가 저지른 자기의 경솔했던 약점은 오늘에 있어 큰 화를 산 것이 아닌가? 했다. 이윽고 방그레 눈웃음치면서

"…… 여봐요! 어디 갔다 오셨기에 그렇게 우울하세요? 네?"

하고 이야기를 붙이는 경옥이는 어디엔지 전일과 마찬가지로 농후한 유혹성을 발휘하여 그의 우울한 시선을 흔든다.

종만은 억지로 픽— 하고 웃어 버리고 담배에 불을 붙였다. 푸— 하고 담배 연기를 내뿜는 종만을 경옥은 여전히 벙글거리면서

"아까 멕시코서 왜 시치미를 뗐는지 아세요?"

하고 나서 곧 말을 이어

"내 앞에 남자가 누구라고 생각되세요? 네?"

하고 종만의 호기심을 자극한다.

"…… 그야 내가 알 필요가 있습니까?"

종만은 조금 흥분된 발음 같아서 깔깔 웃어 버렸다.

"…… 그는 바로 내 사촌 오빠예요. 어저께 평양서 왔었어요! 그런데 오늘은 그가 내려간다기에 집에 대한 부탁할 이야기가 있다고 그리로 데리고 갔었던 거예요……."

경옥은 여기까지 말을 하고 종만의 눈치를 살피면서 또 입을 열려 한다.

"…… 네, 알았습니다. 두 분이 하신 이야기까지 듣지 않아도 좋겠지요……."

종만의 이 말에는 약간의 빈정거림이 섞여 흘렀다. 그는 구태여 부자연스럽게 변명까지 하려는 경옥이가 더욱 쑥스럽게 보이지 않을 수 없었다.

사촌 오빠라면 왜 아는 사람을 대하고도 시치미를 떼나? 더구나 자기와 같이 찻집에 갈 만한 현대 청년인 자기의 사촌 오빠에게 자기의 남자 교제를 숨길 필요가 있다면 왜 모던 보이가 들끓는 찻집으로 그를 데리고 간 것인가? 그의 말은 힘써 꾸며 댔으나 뻔한 거짓말로 밑천이 달랑 드러나 버렸다고 종만은 속으로 코웃음을 쳤다.

차라리 모든 것을 솔직히…… 그 남자가 자기와 어떤 연애 관계가 있는 남자였기 때문에 그 남자의 기분을 불쾌하게 할 수 없어 보고도 못 본 체했우 했다면 오히려 솔직한 여자라고나 할 자기였다고 그는 생각한다.

그러나 종만은 또 한 가지 의심이 떠도는 것이 있었다. 그 남자가 만일 이 경옥이의 연인이나 또는 성적 유희의 상대자라면 (더구나 찻집까지 출입하는 정도의 교제까지 이르는) 이 밤에 경옥을 놓을 리 없고 경옥 또한 구태여 그에게서 떨어져 오려 할 리 없을 것이 아닐까? 그렇다면 어떤 게 참말일까? 종만은 이렇게 공연한 염려가 떠돌아 귀찮아졌으나 자기로는 떠오르는 생각을 막아 버릴 수는 없었다.

경옥은 더 변명할 필요가 없다고 느꼈음인지

"…… 편지 좀 주워 봤기론 그렇게 기분이 불쾌하실 것은 무어예요!"

하고 다른 곳으로 화제를 돌리면서 원망 비슷한 애교를 터뜨린다.

이웃 방 박 군이 이제야 돌아들어 오는지 미닫이 여는 소리가 드르렁하고 울린다. 박은 방으로 들어서면서 〈섬 처녀(島の娘)〉[80]를 휘파람으로 불어 넘긴다. 종만과 경옥은 잠깐 귀를 기울여 그것을 들었다.

박은 종만의 방에 경옥이가 온 것을 느꼈음인지 좀처럼 내려올 생각도 하지 않는 것 같았다. 휘파람을 여전히 계속하면서 가끔 책상 서랍을 잡아당기는 소리만이 들려왔다. 이윽고 박이 미닫이를 열고 나오는 소리가 나자 잠깐 툇마루 아래의 경옥이 구두를 노려보는 듯한 주춤과 아울러 구

80) 1932년 12월에 발매된 게이샤 출신 가수 고타 가쓰타로(小唄勝太郎)가 부른 유행가

두를 신는 소리가 들린다. 종만은 박이 또 요전처럼 피신하고자 하는 수단이라고 느끼자 선뜻 미닫이를 열고 밖을 나왔다.

"…… 자네, 또 어디 가나……?"

하고 입을 연 종만에게 박은 침착해지며 입을 비쭉인다.

"…… 오늘 밤엔 내 의도가 요전과는 다르이. 그것만 알게!"

"여보게, 야지키다[81] 부리지 말고 좀 들어가 처박히게!"

종만은 박이 하는 태도가 지난번이나 마찬가지 방식인데 고소를 금할 수 없었다.

박은 종만의 청을 거절하고

"…… 여보게! 나도 오늘 밤엔 갈 데가 생겼네. 상세 사항은 나중에 보고함세. 제발 말리진 말게……."

박은 빙그레 웃으며 종만의 손을 쥔다. 빙그레 웃는 박의 얼굴에선 알코올 냄새가 획— 풍겨 왔다.

박이 나간 뒤의 경옥은 좋은 찬스나 얻었다는 듯이 아양을 떨면서 종만이에게 대들었다.

81) 즐거운 만유(漫遊) 여행을 뜻하는 일본 말

19

이튿날 아침 보라는 전보다도 더 일찍 일어났다. 그는 전 같으면 벽 위에 붙은 시간표를 거의 본능적으로 한번 훑어보고 시계를 살피는 것이었으나 이날 아침은 그렇지 않았다.

시간표는 이미 벽에서 찢어져 떨어졌으며 또한 그런 생각조차 가지지 않았다. 그는 지난밤 아주 유치원을 그만둘 결심을 더 단단히 한 나머지에 그래도 웬일인지 자기를 두 번씩이나 찾아왔다가 못 만나고 간 종만이에게 (비록 그가 기혼자였으나) 결코 악감이 가지지 않는 자기의 심정을 속일 수는 없었다.

그리하여 그는 이날 아침 일찍이 종만이를 다시 찾기로 결심했다.

버스를 내려서 종만의 하숙을 찾아 들어오던 보라는 선뜻 종만의 하숙방 뜰 아래로 종만의 구두와 나란히 놓여 있는 한 켤레의 여자의 구두를 발견할 수 있었다.

보라는 전신이 아찔하여 왔다. 어느 틈에 주춤 발길이 머물러지며 보아서는 안 될 것을 보았다는 듯이 이맛살이 저절로 찌푸려졌다.

공연히 쓸데없는 어떤 미련을 가졌던 자기였다고 그는 후회하였다. 더구나 지난밤 밤새도록 사색해서 얻은 이날 아침의 그를 방문한 결과가 이렇게까지 자기의 기분을 망쳐 놓을 줄은 그는 꿈에도 생각지 않은 일이었다.

그는 마침 하숙 사람들에게 눈에 뜨이지 않았음을 기회로 얻은 발길을 돌려 거리로 나와 버렸다.

후회, 절망, 불쾌, 우울, 이 여러 가닥의 감정이 한꺼번에 얽혀 버리자 그는 후— 하고 숨을 한목 몰아쉬면서 버스에 몸을 실었다.

보라는 다시 하숙으로 돌아와서 무엇을 결심한 사람처럼 반침 속의 자기의 살림살이를 모조리 끄집어내서 짐을 묶기 시작했다.

"…… 여보세요, 난 갑자기 오늘 집을 옮길 사정이 생겼어요."

그는 주인에게 인사를 던지고 부리나케 짐을 다 싸 놓고 나서 전에 보육학교 다닐 때 단골이던 창신동 깊은 골목 옛날 하숙집으로 짐을 모두 옮겨 버렸다.

그러나 백관철에게서 받은 모욕과 종만에게서 받은 공연할 환멸의 기억이 집을 옮겼다고 그렇게 쉽사리 사라질 리 없었다.

백가에게 적극적 복수를 꾀한 보라의 감정, 거기다가 종만에게서 받은 마음의 상처로 말미암아 그의 감정은 조금도 긴장되지 않은 때가 없었다. 그는 흥분 가운데서 며칠을 보냈다.

그는 기어이 미혼 처녀로서의 명예와 체면을 희생시키고라도 백관철의 비행을 사회에 폭로함으로써 조금이라도 복수가 될 것이라는 결심을 한 나머지에 현대일보사를 찾아갔다.

그는 유치원 보모 직명이 박힌 명함을 들여보내서 사장에게 면회를 청하였다. 특별 응접실로 안내를 받아 사장과 마주 앉게 된 보라는 차마 입을 열 수가 없었다. 그러나 용기를 내어 침착하게 말을 했다.

"…… 저, 선생님……, 한 여성이 어떤 사회사업을 한다는 가면을 쓴 소위 명사에게 정조 유린을 당한 일이 있는데 그것을 신문에 폭로시켜 주실 수 없어요?"

"…… 네? 누가요?"

"그건 나중에 아시고요……. 좌우간 폭로시켜 주실 수 있어요?"

"…… 사실이라면 폭로뿐이겠습니까? 사회적으로 매장해야지요……."

사장의 두 눈엔 어떤 흥분과 호기심과 직업 심리가 엉켜 빛났다.

"…… 대체 피해자는 누굽니까? 그리고 가해자는? 그리고 어디서 언제요?"

사장은 보라의 보고를 재촉하였다.

"예, 감사합니다. 피해자는 바로 접니다."

"네? 당신이요? …… 그럼 가해자는……?"

"가해자는 바로 제가 나다니는 북악유치원장 백관철 썹니다……."

"네? 백관철 씨요……?"

사장은 갑자기 얼굴에 이상한 표정이 흐르더니

"그럼 그 시일과 장소와 대강의 경로 이야기를 해 주십쇼……."

보라는 전부를 말하기 시작했다. 사장은 보라의 말을 다 듣지 않고 말을 막으면서 냉정하게 발음한다.

"예, 그만하셔도 짐작하겠습니다. 그러나 그것을 신문에 폭로할 수는 없습니다. 그것은 당신의 말씀이 사실인지 신용할 수 없다기보다도 백관철 씨로 말하면 적어도 자선사업가이고 훌륭한 인격자이니까 그런 일을 하셨을 것 같지가 않습니다!"

"…… 네? 그런 일을 할 것 같지가 않다고요?"

보라는 사장의 태도에 흥분되었다.

"…… 글쎄, 다만 당신의 말만 듣고서야 어떻게 그것을 사실이라고 단정해서 신문에 발표할 수가 있겠습니까?"

"…… 그럼 안 내시겠다는 말씀입니까……?"

보라의 말소리는 날카로웠다. 금방 울음이 쏟아질 것 같았다.

"사실을 충분히 조사한 뒤에 발표하도록 하지요!"

사장은 이렇게 말하고 나서 다시 부드러운 어조로

"…… 사실이시라면 그런 죽일 놈이 어디 또 있겠습니까! 그러나 우리 신문사에서는 그런 가면을 쓴 소위 명사니 지사니 투사니 하는 악덕 분자를 일일이 신문에 들추어 폭로하지 않을 작정입니다. 그것은 첫째, 신문지에 그따위의 사실을 폭로시켜 봤자 결국 명예와 체면이 희생되고 마는 것은 여성뿐이지 그따위 인면수심의 무리에겐 아무런 반성이나 참회를 주지 못합니다. 당신은 적어도 전문 교육을 받으신 지식 계급의 여성인 만큼 신문이란 것이 민중에게 미치는 영향쯤은 잘 아시겠지요……. 내가 신문 사장이라 해서 방문해 오는 젊은 여성이 한 달이 평균 두세 명은 됩니다. 용건은 대개가 부호나 소위 명사나 혹은 당신같이 직업여성이면 그 직업 장소의 과장, 계장 사장 등 악덕 분자들에게 정조를 유린당하고 분한 나머지에 가해자의 비행을 폭로시켜 달라는 청입니다. 그러나 우리 신문은 결국 그 여성의 장래를 봐서 그 여성들의 명예를 위해서 그런 폭로 기사를 될 수 있는 대로 싣지 않을 작정입니다. 당신도 그것을 이해해 주셔야 합니다……. 상대자의 명예나 지위나 체면보다도 첫째, 그 기사가 난 후의 당신에게 대해 줄 사회의 동정이란 것을 한번 생각해 보십시오……. 아마 누구나 당신을 비웃고 피하리다. 그리고 앞으로 당신도 취직을 하신다면…… 또 정당한 결혼을 하신다면 더구나 당신의 명예와 지위와 체면을 망각해서는 안 될 게 아닙니까?"

사장은 친절하게 교사가 생도에게나 훈시하듯이 발음했다.

"네! 잘 알았습니다."

보라는 사장의 말이 일리가 있다고 믿었다.

그는 그대로 하숙으로 돌아왔다. 그러나 점점 더 강해져 들어가는 백에 대한 복수감은 좀처럼 누를 수 없었다. 언제든지 복수할 좋은 기회가 있으려니 하고 그는 스스로 자기를 위로했다.

직업을 내버린 지 겨우 일주일쯤된 그였으나 무직자의 고통을 느낄 대로 다 느꼈다. 그는 또 어떤 데든지 직업을 구하지 않을 수 없는 자기인 것을 깨달았다. 취직 운동을 하는 데는 사장의 말과 같이 오히려 신문에 백가의 비행을 폭로시키지 않는 것이 자기의 명예를 위해서보다 좋은 수단도 같았다. 보라는 이렇게까지 자기도 가면을 쓰고 나서지 않으면 안 될 이 사회가 쓰레기통같이 더러운 것이라고 느꼈다. 그 쓰레기통 속에 꾸물꾸물 쉬슬은[82] 것이 이 사회의 인간이 아닐까? 그렇다면 자기도 그 벌레 가운데 하나가 아닐까? 하고 갑자기 그는 자기 증오가 머릿속을 흔들었다.

그는 선뜻 종만의 기억이 다시 생각되었다. 자기에게 두

[82] 파리가 여기저기 알을 낳다.

번 세 번씩 가장 친절한 것처럼 찾아오던 종만이도 결국은
가면을 쓰고 자기를 대한 것이었다고 스르르 느껴지자 그
날 아침 종만의 하숙 뜰 아래 놓여 있던 여자 구두의 주인
공은 이미 그 전날 밤 서로 모든 것을 허락했으리라고 확실
히 생각되었다.

　보라는 그것을 더 생각하기가 싫었음인지 고개를 쌀쌀
흔들어 버렸다.

20

"여보게, 종만이, 줄 좀 잡아 주게!"

어떤 날 아침 박은 이력서를 쓰고 앉은 종만을 자기 방에서 불렀다. 박은 짐 고리를 묶느라고 끙끙거리며 푸— 하고 일어나오는 고리짝 뚜껑을 한 발로 누르면서

"…… 아니, 정말 오늘 저녁 떠날 터인가?"

하고 묻는 종만에게 한 가닥 빨랫줄을 넘겨준다.

"…… 가야지! 내일까지엔 취임을 해야 할 터이니까……."

그들은 짐을 다 묶은 뒤에 작별차로 술이나 한잔하자고 거리로 나왔다. 어떤 조용한 청요릿집에서 박은 비루와 덴푸라[83]와 만두를 주문했다. 종만은 담배만 피우고 앉았다가 갑자기 어떤 결정적 표정을 보이면서

"…… 여보게, 난 내일쯤 하숙을 다른 데로 옮기겠네. 기분 관계로 나 혼자는 이 집에 있기 싫고 또 자네도 알다시

83) 튀김의 일본 말

210

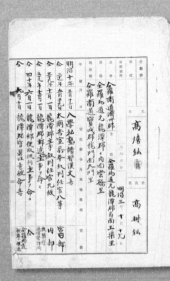

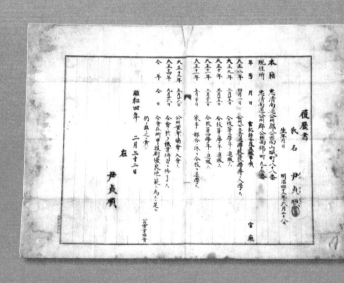

• 이력서(국립민속박물관)
• 1929년 작성된 이력서(국립민속박물관)

피 경옥이 등쌀에 사실 이 집에서 슬쩍 다른 데로 옮겨 버리고 싶단 말야……."

하고 박의 의견을 기다린다.

"가만있어! 그럼 좋은 수가 있어……."

하고 박은 다시 입을 연다.

"자네, 동대문 밖 우리 일갓집에 하숙하고 있을 텐가……?"

"그야 음식 잘해 주고 방이 좋고 밥값 조르지 않으면 가지!"

종만은 빙그레 웃는다.

종만은 그길로 바로 동대문 밖으로 박을 앞세우고 하숙 교섭을 갔다. 박의 소개로 종만은 그 이튿날 얼른 하숙을 옮겨 버렸다. 하숙 주인에게도 동대문 밖이라는 것을 알리지 않았고 만일 경옥이가 와서 묻거든 고향으로 내려갔다 하라는 부탁을 했다.

종만은 지금 자기가 옮긴 이 새 하숙이 있는 창신동에 보라의 하숙이 옮겨 와 있는 줄은 꿈에도 몰랐다.

종만은 아침이면 나와서 저녁때나 되어야 들어갔다. 그는 하숙 주인에게 무직자로 보이기 싫었기 때문이다.

어느 틈에 한 달이 휙 지나갔다. 종만은 여전히 무직자였다.

그러니 여전히 직업이 있는 사람처럼 아침에 나와서는 저녁때 혹은 밤중에 들어갔다.

한 달이 넘었으나 눈치만 살피고 차마 밥값을 재촉하지

못하는 주인 부부를 대하기란 실로 어색하고 거북한 일이었다.

그는 각각으로 느껴지는 무직자의 고통과 불안을 맛볼 수 있었다. 무엇보다도 먼저 하루 세끼의 밥값을 이제는 자기 손으로 만들지 않을 수 없는 자기임을 또렷이 느꼈다. 그는 박 군이

"…… 전술을 위하여서는 점령 지대를 포기하고 퇴각하는 수가 있다……."

하던 것이 생각되었다.

자기의 자존심을 일시적으로 죽이고라도 얼른 취직하지 않으면 안 될 것 같은 답답증이 그의 가슴을 스르르 누르기 시작했다.

"목구멍이란 이렇게도 더러운 것인가?"

그는 혼자서 중얼거렸다.

'인간은 일하기 위해서 먹느냐? 먹기 위해서 일하느냐?'

하고 옛날 중학 시대에 토론의 초점이 되었던 이 문제가 언뜻 그의 머리를 지나치자

'인간은 일하기 위해서 먹는다!'고 부르짖던 중학 시대의 너무도 어리석었던 것을 깨달았다.

'인간은 먹기 위해서 산다. 먹기 위해서 일을 한다…….'

이것이 오늘 자기가 발견한 정의(定義)라고 그는 또렷이 느꼈다.

소학…… 중학…… 대학…… 자기가 받아 온 교육은

'…… 인간은 일하기 위해서 먹는다…….'

는 정의의 강의였다.

그러나 그것은 현실과는 너무도 거리가 멀었다. 아니 거기에는 모순이 많았다.

종만은 현실과 멀리 떨어진 자기 생활이 한껏 가여워 왔다.

'일을 위해서 살아야 할 사회, 먹어야 할 사회라면 왜 일을 주지 않느냐? 왜 빵을 주지 않느냐?'

그는 이러한 철학적 명상에 자기도 모르게 고개를 숙이고는 한 달 전에 써서 둔 자기의 이력서 봉투를 물끄러미 흘겼다.

21

첫여름 늦은 아침에 이슬비가 부슬부슬 내린다. 보라는 하숙 방문을 열고 낙숫물이 퉁— 퉁— 떨어지는 소리를 들으며 우두커니 비 맞은 돌담 밑 벌어지려는 모란꽃 봉오리로 눈을 옮겼다.

그는 무엇을 기다리는 듯한 초조한 빛을 얼굴에 띠고 담 밖에서 들리는 사람들의 발자국 소리에 귀를 기울였다.

뜻밖에 대문 턱에서 툭툭 털고 들어오는 우편배달부가 "손보라 씨, 전보요!" 한다.

보라는 전보라는 바람에 깜짝 놀랐다.

'직업 유, 속래, 혜경.'

보라는 갑자기 획 하고 온몸을 도는 새 피의 약동을 느꼈다.

오륙일 전 보라는 혜경이라는 이를 찾아간 일이 있었다. 그는 보라의 중학 시대의 담임 선생이었고 지금은 직업여성인협회의 간부의 한 사람으로 있었다.

혜경은 적극적으로 취직처를 주선해 보겠다는 호의와 친절을 보였고 자기가 간접으로 간섭하는 어떤 사립 소학 교에 어쩌면 변동이 생길 것 같단 말까지 들려주었다.

보라는 얼른 옷을 주워 입고 혜경이가 있는 서대문 밖을 찾아갔다.

혜경이는 서대문 밖 사립 ×× 학교에 마침 결원이 생겼 단 말을 한 뒤에 그길로 바로 보라를 데리고 ×× 학교로 인사를 갔다.

×× 학교는 자기가 다니던 북악유치원과는 외모부터 달랐다.

조그마한 운동장, 나지막한 교사, 그것은 찌그러진 목 조 건물이었다.

보라는 자기의 취직처가 너무도 빈약한 데 환멸을 느꼈 다.

군데군데 깨어진 유리창, 칠했던 페인트가 터실터실 떨 어진 문을 열고 사무실로 들어가자 월사금 봉투 속에서 돈 을 꺼내며 세고 앉았던 육십이 넘는 대머리 영감님이 돋보 기 너머로 혜경이와 보라를 쳐다보면서

"아—, 어서 앉으시오!"

하고 일어나서 다 낡은 의자를 끄집어내 놓는다. 보라는 그가 교장인 것을 직각했다.

정식으로 인사가 끝나자 교장 노인은 감격한 어조로 자

기가 ×× 학교를 창설한 것이 벌써 십오 년이 넘었다는 말과 그동안 설비가 불충분한 것은 공연히 자기 명망만 내세우려는 소위 사이비의 자선가들의 찬조나 의연을 바라지 않았기 때문이란 것을 말한 뒤에 지금까지의 직원들은 전부가 희생적으로 보수를 생각지 않고 노력을 아끼지 않았다는 말을 하고는 보수란 결국 한 직원에 잘해야 한 달 수업료 분배금이 이십여 원밖에 되지 않는다는 것을 미리 이해해 달라는 부탁을 한다.

보라는 그다음 날부터 출근할 것을 약속하고 혜경이와 밖을 나왔다.

보라는 혜경네 집에 가서 저녁밥을 먹고 난 뒤 하숙으로 돌아오려고 혜경네 집 대문을 나섰다. 서너 걸음 뒤에서 뜻밖에 "손 선생!" 하고 부르는 소리가 나자 보라는 깜짝 놀라 고개를 돌렸다. 거기에는 빙글빙글 웃음을 띠며 여전히 뚱뚱한 몸집에 야욕에 타는 눈꼬리를 안경테 너머로 내흘기는 백관철이 서 있었다.

"어떻게 된 셈이우? 손 선생!"

백관철은 아무 말도 없이 자기 앞을 지나치려는 보라의 곁에 바짝 대든다.

보라는 갑자기 화가 치밀어 올라왔다. 그리고 마치 큰 구렁이나 자기 몸에 가까워지는 것 같은 진저리를 느꼈다.

보라는 치밀어 올라오는 악과 진저리를 못 이겨 얼굴을 획 돌려 백관철의 얼굴에다 보기 좋게 침을 획 하고 내뱉었

다. 마침 골목에는 지나치는 사람도 없었다. 백은 얼른 손수건을 꺼내어 얼굴을 씻으면서

"아니, 그래, ××학교에 취직된 것은 누구 덕인 줄 알고 이래?"

하고 걸음을 빨리하는 보라의 뒤를 따라온다.

어떻게 돼서 자기가 ××학교에 취직된 것을, 그것도 오늘 된 것을 그렇게도 속히 귀신같이 알고 있는 것인가? 혹은 ××학교에 제출한 이 이력서에 자기가 북악유치원에 있었다는 것을 썼기 때문에 ××학교장이 혹은 공문 서신으로나 또는 백관철과의 친분이 있어서 일단 백관철에게 참인가 아닌가? 그리고 퇴직 이유는? 하고 문초해 보았는지도 모를 일이다. 그렇기 때문에 백관철은 자기가 ××학교에 취직 운동을 했다는 것을 알게 되었고 그렇기 때문에 혹은 며칠 전부터 ××학교 부근을 감돌았는지도 모를 일이라고 생각되었다.

보라는 이렇게까지 계획적으로 자기를 기다리고 섰다가 추근추근이 구는 그가 미친개와 같이도 징그러웠다.

전차 정류장에 나와서 전차를 탄 보라는 어느 틈에 백가가 건너편 사람 틈에 섞여 앉았음을 발견하고 또다시 놀랐다.

정녕코 자기가 동대문 밖에 있다는 것까지도 귀신처럼 알고 있거나 또는 자기의 하숙을 알기 위해서 뒤를 쫓아올 것도 같은 예감이 떠돌자 보라는 전차가 광화문통에 닿자

슬쩍 가운데 문으로 내려 버렸다.

백가가 내릴 사이도 없이 전차는 떠났다.

보라는 두어 전차가 지나가고 난 뒤에 황금정[84]행을 잡아탔다.

뺑뺑 돌아서 동대문에 내린 보라는 사방을 한번 살펴봤다. 혹은 백가가 이미 알고서 어디쯤 숨어서 자기의 가는 곳을 노리지나 않나 하고.

갑자기 새로 시작한 빗줄기가 제법 세었으므로 그는 가졌던 우산을 폈다.

벌써 해도 저물어 길바닥엔 군데군데 전등이 내리비쳤다. 아침에 고였던 빗물에 또 비가 쏟아지기 때문이다.

보라는 길바닥의 빗물을 피하느라고 띄엄띄엄 불규칙하게 발길을 옮겼다.

열 걸음 앞 거기에는 검정 쓰메에리를 입고 검정 쓰봉을 입은 청년이 군데군데 구멍이 난 노란 지우산[85]을 받고 물 고인 곳을 아무렇게나 힘없이 걸어간다.

보라는 그의 회색 쓰봉에 흙이 너무 많이 튀어 올랐음을 발견하자 선뜻 주의가 집중되며 더 한 번 그 청년의 뒷모양을 무의식적으로 훑었다.

보라는 이 순간 "아—?" 하고 소스라쳤다. 그것은 그 청년의 뒷모양이 틀림없이 종만 같았기 때문이다. 아니, 바로

84) 오늘날의 을지로
85) 종이우산. 대오리로 만든 살에 기름 먹인 종이를 발라 만든 우산

• 황금정 이 정목 입구의 거리 풍경(서울역사아카이브)
• 황금정 일 정목의 거리 풍경(서울역사아카이브)

종만이었기 때문이다.

보라는 자기도 모르게 극변되는 감정의 전개를 느꼈다.

온몸에 칼슘 주사 기운과 같은 획 하고 퍼지는 흥분된 신열과 피의 약동이 바로 그것이었다.

종만이가 이 근방에 무슨 볼일이 있을까? 이 근방에 누구나 아는 사람이 있을까? 하고 느껴지자 보라는 얼른

"종만 씨 아니세요?"

하고 인사를 하고 싶었다.

그러나 자기에겐 그러할 용기가 이미 없어진 것을 번개처럼 깨달았다.

새삼스럽게 눈앞에 떠오른 것은 그날 아침 종만의 하숙 그 뜰 앞에 놓여 있는 어떤 여자의 구두였다. 보라는 마치 이제 겨우 통감기(痛感期)를 지난 상처의 딱지를 일부러 건드린 것 같은 쓰라림을 또다시 느꼈다.

그러나 보라는 뚫어진 우산을 들고 언제나 마찬가지로 검정 학생복을 입은 종만이가 웬일인지 가엽게도 생각되었다.

대학을 졸업한 그로서 아직도 취직이 안 된 것 같은 예감을 보라는 그의 초라한 모습에서 새삼스럽게 느낄 수 있었다.

열 걸음 앞 종만의 발길은 아무리 보아도 우울한 걸음이었다. 힘없는 걸음걸이였다.

보라는 용기를 내었다. 발길을 빨리하였다.

"…… 종만 씨 아니세요?"

보라의 음성은 떨렸다.

고개를 돌렸던 종만은

"…… 아, 보라 씨, 웬일이십니까? 대체 어디 계십니까?"

하고 반가운 듯한 표정을 보였으나 어느 틈엔지 약간 싸늘한 표정으로 변해지면서

"댁이 이 근방이세요?"

하고 평범하게 묻는다.

"네, 바로 이 이웃이에요. 어디 가세요?"

보라는 종만의 표정에 유난히 주의했다.

"네, 나도 이 근방으로 옮겼습니다."

"아유—, 저런, 어디세요? 저는 저기 보이는 담뱃가게 윗집인데요."

"네, 나는 바로 이 골목 제일 끝에서부터 둘째 집이에요."

"…… 뵙고 여쭐 말씀도 있었는데……. 제 하숙을 잠깐 들러 주시겠어요?"

보라는 자기 하숙이 가까워지자 걸음을 주춤하며 종만의 의견을 물었다.

종만은 자기 하숙을 가는 길거리에 보라의 하숙이 있는데 놀랐다. 한 달 동안이나 보라의 하숙 옆을 지나다니면서도 보라를 발견할 수 없었던 것이 실없이 애석한 듯도 했다. 그러나 종만은 그 생각을 흔들어 버렸다.

"잠깐 들어섰다 가세요! 그리고 그동안 제 이야기 좀 들어 주세요."

보라는 종만의 얼굴을 살폈다. 종만은 여전히 싸늘한 표정이었다. 종만은 갑자기 불쾌하여졌다.

자기가 그렇게 무엇을 잘못한 것조차 없음에도 불구하고 보라는 유치원을 그만두고도, 하숙을 옮기고도 이제껏 자기에게 알리지 않은 것을 생각하면 일종의 섭섭한 감정, 그것보다도 까닭 없이 보라의 한 짓이 얄밉고 괘씸하다. 그것보다도 실없이 자기가 보라에게 모욕이나 당한 것처럼 불쾌하기 짝이 없다.

종만은 싸늘한 표정에 억지로 약간 미소를 띠며

"네, 고맙습니다. 댁을 알았으니 다음에 조용히 뵈러 오지요!"

하고 다시 발길을 옮겨 놓으려 했다.

보라는 종만이의 태도가 무리라고는 생각지 않았다. 그러나 너무도 자기를 오해한 것 같은데 섭섭하기도 했다.

"그동안 제게는 유치원을 그만두고 하숙을 옮기고도 알려 드릴 수 없을 만한 사정이 있었어요! 그것을 오해하시진 마세요!"

보라가 다시 애원에 가까운 듯한 발음을 하자

"…… 천만의 말씀입니다. 저 역시 보라 씨를 찾아뵙지 못했으니까 마찬가지겠지요!"

종만의 발음엔 어디엔지 모르게 얇은 고소가 넘쳐흘렀다.

종만은 문뜩 보라의 정체가 의심났다. 보라도 역시 '경옥'이나 마찬가지나 아닌가도 싶었다.

어떤 이유로 유치원을 갑자기 그만두었는지 어떤 이유로 하숙을 안국동에서 창신동까지 멀리 옮겼는지 반드시 무슨 상서롭지 못한 사건이 그로 하여금 이렇게 만든 것도 같았다.

종만은 몇 번을 권하는 보라의 청을 거절하고 혼자서 자기 하숙으로 돌아왔다.

22

종만은 아무렇게나 방바닥에 알머리[86]를 쓰러뜨리고 공
중으로 담배 연기만 내뿜었다. 그는 오늘 밤 보라를 만난
새 사실, 보라의 하숙이 바로 몇 집 사이의 이웃에 있다는
사실, 그것보다도 오늘 하루 동안 직업을 구하려고 헤매던
정경이 더한층 또렷이 눈앞에 전개되었다.

　아침을 먹고 뚫어진 우산을 들고 나가서 제일 먼저 들어
간 곳은 그가 신문 광고에서 오려 넣어 두었던 고급 외교원
을 모집한다는 황금정 모 생명보험 회사였다.

　종만은 그것이라도 해 볼까? 하는 취직의 급박된 필요
감을 느꼈기 때문이었다. 그러나 벌써 외교원이 작정되었
다고 다음 기회로 미룬다는 거절을 당하였다.

　그다음 종만은 '기자를 초빙한다'는 역시 신문에서 광고
로 본 남대문통 어떤 큰 약 회사의 광고 잡지부를 찾아갔

86) 맨머리를 속되게 이르는 말

• 남대문통 일 정목 풍경(서울역사아카이브)
• 경성역 앞에서 남대문 방향으로 담아낸 거리 풍경(서울역사아카이브)

다.

그는 거기에서도 거절을 당하였다. 잡지 편집에 대한 경험이 없다는 이유가 그것이었다.

그는 공연히 되지도 않을 것을 머리를 굽혀 가며 자존심을 꺾인 것이 분했기 때문에 그다음 플랜으로 작정해 놓았던 '가정교사를 구한다'는 역시 신문 광고에서 본 가회동 모 씨의 집을 찾아가 보려던 계획도 꺾어 버리고 말았다.

종만은 오직 앞으로의 플랜이 막연할 따름이었다. 비록 박 군의 소개로 아직껏 이 집에서 외상 밥을 먹기는 하나 주인에게 '무직자'라는 눈치를 보이기가 싫었다.

그는 저녁 밥상을 받아먹고 답답증이 나서 거리로 나왔다. 비는 어느 틈에 그쳤고 하늘은 활짝 개었는데 하늘에는 별들이 총총하다.

종만은 맥없이 전차를 타고 조선은행 앞에서 내렸다. 그는 우울할 때면 으레 진고개[87]를 거니는 게 버릇이 되었기 때문이다.

그는 대판옥호[88]와 일한서방[89]을 거쳐서 명치제과[90] 앞으로 발길을 옮겨 놓자니까 갑자기 명치제과 유리문이 열리며 나오는 것은 흰 구두에 오버슈즈[91]를 끼워 신고 초

---

87) 오늘날의 충무로 2가 부근의 고개
88) 京城大阪屋號書店. 오늘날의 충무로 1가에 있던 일본 서점의 경성 지점. 1914년 창업
89) 日韓書房. 오늘날의 충무로 2가에 있던 일본 서점의 경성 지점. 1910년 이전 창업
90) 오늘날의 충무로 2가에 있던 일본 제과점의 경성 지점
91) 덧신의 일본 말

• 경성우편국 옆 본정 일 정목(오늘날의 충무로 1가) 입구
  (서울역사아카이브)
• 본정 풍경(서울역사아카이브)

• 본정 이 정목 풍경(서울역사아카이브)
• 본정 야경(서울역사아카이브)

조선은행 앞 광장 일대의 전경(서울역사아카이브)

• 본정 일 정목의 경성대판옥호서점(서울역사아카이브)
• 본정 이 정목의 일한서방(서울역사아카이브)

• 명치 과자와 끽다점(찻집) 광고(〈조선일보〉 1935년 7월 24일 석간 6면)
• 명치제과 광고(〈조선신문〉 1930년 10월 1일 4면)

록 바탕에 수먹 무늬[92]가 얼숭덜숭한 순견[93] 조제트[94] 치마를 입은 옆구리에 과자 상자를 낀 것 같은 보전이었다.

"아이고, 보전 씨! 오래간만입니다."

종만은 모자를 들었다 놓으며 인사를 했다. 보전이는 반가운 듯이 방긋이 웃음을 띠며

"아이참, 그동안 서울 계셨어요?"

하자 어느 틈엔지 그의 곁엔 뚱뚱한 사십 이상의 안경 쓴 양복쟁이가 주춤하고 발길을 멈춘다.

종만은 상상할 필요도 없이 선뜻 그가 전일 보라를 방문하러 갔을 때에, 북악유치원에 높이 걸렸던 사진의 주인공임을 직각했다. 더구나 보전이가 북악유치원에 근무하고 있는 만큼 종만의 감각은 주저할 틈이 없이 그가 북악유치원의 원장이라고 깨달았다.

보전은 주춤거리면서 무슨 말을 꺼내려다가는 다시 어물거리더니 이윽고

"저, 경옥이 혹 보셨어요?"

하고 힐끔 곁에선 뚱뚱보와 종만의 표정을 번차례로 살핀다.

"못 봤습니다. 혹 보셨습니까?"

종만은 도리어 반문했다.

---

92) 먹빛으로 뜬 무늬
93) 다른 실을 섞지 아니하고 명주실로만 짠 비단
94) 얇은 견직물

"아니요!"

종만은 뚱뚱보가 좀 불쾌한 듯한 표정을 하고 서 있는 게 아니꼬워서 일부러 딴 이야기를 끄집어냈다.

"저, 보전 씨 계신 곳에 요전에 손보라라는 분이 계셨지요?"

"네! 지금은 안 나오세요!"

"왜 그만두셨어요?"

"글쎄요, 그것은 저도 잘 몰라도요! 사직원도 내지 않고 그만두었으니까요."

하고 보전은 다시

"그분하고 잘 아세요?"

하자 종만은

"네, 제 친구의 누이여서……."

하고 말을 끄집어내니 갑자기

"네, 손보라 씨는 병환이 나서 그만두었습니다!"

하고 친절한 듯이 뚱뚱보가 종만에게 이야기를 옮긴다.

뚱뚱보는 얼른 종만과 보전과의 대화를 끊어 버리려는 계획이었다. 종만은

"네, 고맙습니다. 그분이 서울에 계신가요?"

하고 묻자

"글쎄요, 고향에 내려가셨을지도 모릅니다."

하고 뚱뚱보는 시치미를 뗀다.

종만은 먼저

"바쁘신 모양인데, 노상에서 실례했습니다."

하고 그들이 가기를 청하였다.

그들은 종만의 인사가 그치자 나란히 서서 내려간다.

종만은 공연히 이상스러운 예감에 새삼스럽게 흥분되었다.

어쩐지 생김생김이 흉측하게 보이는 뚱뚱보 원장의 색마 타입의 악인상, 거기에 혹은 '보전'이가 걸려들지나 않았나 싶었다. 이렇게 생각되자 보전을 데리고 밤에 진고개 산보를 나온 그 이유, 더구나 명치제과에서 과자 상자를 사서 보전에게 준 것 같은 그 이유, 보전이가 자기와 이야기하는 동안에 보전이가 좀 어색해하는 그 이유, 뚱뚱보가 처음엔 슬며시 불쾌한 기분을 가졌다가 나중엔 친절한 듯이도 보라의 이야기를 묻지도 않았는데 들려준 그 이유, 그런 것들을 종합해 보아 암만해도 종만은 보전이가 그에게 걸리지나 않았나 싶었다. 아직 그에게 걸려들지 않았다 하더라도 보전은 머지않은 장래에 반드시 그에게 모욕을 당하고 말 것만 같았다.

여기까지 상상해 온 종만은 갑자기 생각해서는 안 될 무엇을 생각한 듯이 진저리가 저절로 쳐졌다.

그것은 '보라'의 얼굴과 뚱뚱보의 얼굴이 거의 한꺼번에 번갯불처럼 그의 눈앞을 스치고 지나가기 때문이다.

더구나 보라가 창신동에 유숙하고 있는데도 불구하고 병이 나서 고향에 내려갔을 게라는 뚱뚱보의 말에는 암만 생각해 보아도 의문이 떠올랐다. 더구나 사직원도 내지 않고 그만두었다는 보전의 말만 들어도 보라는 반드시 그 유치원에서 무슨 불만을 느꼈거나 혹은 뚱뚱보에게 어떤 받아서는 안 될 모욕을 받은 탓이나 아닌가 했다.

그렇기 때문에 그 울분을 참지 못하고 그만둔 게 아닌가? 더구나 사직원도 내지 않고. 그러기 때문에 보라는 혹은 자포자기를 느꼈을는지 모른다. 그러므로 자기에게도 그런 사정조차 고백할 용기가 없었던 게 아닌가 했다.

어느 틈에 본정[95] 삼 정목에선가 황금정 쪽으로 꺾어 내려 어떤 레코드 소리가 요란스럽게 나는 카페 앞을 무심히 지나던 종만, 갑자기 무엇이 등을 탁 치는 통에 얼굴을 돌리자 일본 내지[96] 여자복을 입고 머리를 퍼머넌트를 한 카페 걸 타입의 여자가 서 있다. 그는 깜짝 놀랐다. '박경옥'이기 때문이다.

"왜 못 본 체하고 가셔요!"

갑자기 당하는 경옥의 질문, 그것보다도 한 달 전의 경옥과 지금의 경옥의 위대한 변천에 놀란 종만은 한참을 아무 말도 하지 않고 묵묵히 서서 경옥을 쳐다보다가

"어떻게 된 셈이우? 대관절!"

떨리는 목소리로 발음하자

"이렇게 미끄러졌답니다……. 흐흐흐."

95) 오늘날의 충무로
96) 식민지의 본국을 가리키는 말

- 본정 삼 정목에 위치했던 카페 백접(서울역사아카이브)
  카페 백접은 1930년에 창업했다.
- 영락정 이 정목(오늘날의 저동 2가)에 위치했던 카페 바론(서울역사아카이브)
  카페 바론은 1927년 창업했다.

"……."

경옥은 한바탕 껄껄 웃어넘긴다.

깔깔 웃는 그의 얼굴에선 알코올 냄새가 푹— 푹— 풍겼다.

이윽고 카페 문이 열리더니 호리호리한 여급[97]이 뛰어나오며

"요시코, 하잇데요!"[98]

하고는 취한 경옥을 끌고 들어간다.

종만은 갑자기 기가 막혔다. 경옥이가 기어이 카페로까지 윤락(淪落)될 줄은 미처 생각지 않았다.

전문 교육을 받은 경옥, 그로 하여금 카페로 윤락시킨 것이 다만 경옥 자신의 음란한 성격에만 그 책임이 있다고 보고 말까? 그렇지 않으면 그 음란한 성격을 제재하고 정화시키고 변질시키는 사회적 원동력과 책임감이 없었기 때문이 아닐까?

종만의 머릿속은 새삼스럽게 무거워지기 시작했다.

어느 틈에 전차기 동대문에 와 서자 종만은 피로한 다리를 끌고 하숙 골목으로 들어섰다.

---

97) 카페, 다방, 음식점 등에서 손님의 시중을 드는 여자
98) 『신동아』에 연재될 때에는 "게이쨩, 하잇데요"로 되어 있었다. 경옥을 부르며 '들어가자'는 뜻의 일본 말

23

종만은 방으로 들어오기가 바쁘게 갑자기 책상 위에 한 장
의 봉투가 놓여 있음을 발견할 수 있었다.

종만은 모자도 벗지 않고 봉투를 집었다. '종만 씨 앞'이
라고 가늘게 쓴 필적, 그것은 틀림없는 보라의 필적이었다.

뒤를 돌려 발신인을 볼 필요도 없이 그는 봉투를 뜯었다.

종만 씨! 뵈러 왔다가 그저 갑니다.

종만 씨가 여기에 계신 줄을 오늘에야 알게 된 것을 생
각하매 공연히 그동안이 애석해져요. 아까 종만 씨께
서 저의 하숙을 들려주시지 않은 것을 저는 퍽 섭섭하
게 생각했어요. 아마도 종만 씨께서는 그동안 제가 유
치원을 그만두고도 소식을 알려 드리지 않았던 것이라
거나 하숙을 옮기고도 알려 드리지 않은 것을 퍽 괘씸
히 생각하셨겠지요. 그리고 혹은 오해까지 하셨을는지

도 모르지요. 그러나 종만 씨! 실상은 저도 종만 씨에게 커다란 오해를 가지고 있었습니다.

그러나 종만 씨! 저는 그 오해를 모두 풀어 버렸습니다. 이런 말씀을 드린다고 웃지는 마세요. 저는 늘 망명 간 오빠가 생각될 때마다 종만 씨를 생각해요. 아니, 그보다도 어떤 때는 종만 씨를 생각할 때마다 오빠가 연상되어요.

종만 씨, 저는 지금 오빠의 힘을 빌려야 할 어떤 사정에 다다랐어요. 오빠의 힘을 빌려야 할 필요를 느낄 때마다 종만 씨의 힘을 빌리고 싶었어요.

종만 씨! 제게 종만 씨의 힘을 빌려주실 수 있다면 저는 얼마나 행복할는지 몰라요.

종만 씨! 제게 가지셨던 오해는 모두 풀어 주세요. 일찍 들어오시게 되거든 이 집에 심부름하는 아이를 시키셔서 제게 들어오셨다는 소식이나 전해 주셔요. 만일 늦으시거든 내일이 공일이니 내일 제가 또 오지요. 아홉 시 십 분, 보라 올림.

종만은 편지를 다 읽고 책상 위에다 던져 버렸다. 전등이 비치는 안방 벽을 넘겨다보니 벌써 열한 시가 십 분이나 지났다.

　보라가 다녀간 것이 두 시간 전의 일이었다고 느껴지자 아직도 혹은 자기가 아이를 보내기를 기다리고 있지나 않은가 하고 느껴졌다.

그러나 종만은 오늘 공연히 보라에게 대한 모든 기억을 깨끗이 씻어 버리고 싶은 생각이 용솟음쳤다.

보라가 어떤 미련과 호감을 가지고 자기에게 가깝게 굴더라도 어쩐지 오늘의 자기의 감정은 거기 대한 아무런 호기심도 갖기 싫었다.

보라를 만난 것이 비록 우연적인 오늘의 한 사실이었으나 차라리 만나지 않았던 것만 같지 못하다고 생각된다.

두 달 전의 자기는 그래도 취직의 희망을 가졌었다. 그리고 보라에게 한 맹목적인 미련도 느껴 왔었다. 그러나 한 달 동안이라는 시간적 간격에서 생긴 보라에게 대한 자기의 관심은 놀랄 만큼 그 차이가 컸다. 지금의 보라는 이미 한 달 전 옛날, 감기 든 자기 곁에 앉아서 근심스러운 표정을 해 주던 그때의 보라가 아니려니 했다.

그때의 보라는 경옥에다 비할 수 없는 순진하고 결백한 보라였다고 보았다. 그러나 지금의 보라는 어쩐지 그동안에 어떤 복잡한 정신적, 그리고 생리적 변천이 있었을 것만 같은 예감이 떠돌자

"…… 저는 오빠의 힘을 빌려야 할 때마다 종만 씨의 힘을 빌고 싶어요!"

한 그 말은 어디엔지 깊은 내용이 숨은 것이 아닐까. 그렇다면 그는 자기를 이용하려는 달콤한 수단이나 아닌가 하고 생각도 된다.

어쨌든 지금 자기의 처지로서는 보라가 찾아오는 것도 거북한 일이요 자기가 보라를 찾아가는 것도 불필요한 일 일 것 같다고 결론을 지어 버리려고 했다.

이튿날 아침 종만은 좀 늦게야 눈이 뜨였다. 새벽까지 공연히 흥분된 기분은 모두 경옥, 보전, 백관철 등을 상대로 한바탕 머릿속을 뒤숭숭하게 하고도 남았다.

세수를 하고 밥상을 받은 종만은 주인 마누라가 싱글벙글 웃음을 띠며 담뱃대를 물고 나와서는 마루에 걸터앉아서

"어젯밤에 온 색시는 웬 색시요? 바로 요 아래 있다구? 별걸 다 물어보더군그래."

하고 나서 종만의 표정을 살핀다.

종만은 그 말에 아무런 흥미를 느끼지 않았다. 주인 노파의 대접으로

"무엇을 물어요?"

하고 노파의 호기심에 넘치는 표정에 일변 고소를 던졌다.

"당신이 언제 이 집에 왔느냐고 묻고 손님이 찾아오냐고 묻더니 나중엔 얼굴빛이 좀 빨개지면서 묻기가 뭣하든지 혹 여자 손님이 오지 않느냐고 하더니 그런 말은 당신에게 말라고까지 하더군!"

노파는 담뱃대를 탁 털고 나서 다시 종만의 얼굴을 쳐다보고는

"당신하고 친한 사람이우?"

한다.

종만은 보라가 여자 손이 자기에게 찾아오지 않더냐를 주인에게 물었단 말을 듣자 갑자기 보라에겐 아직도 어린애 같은 천진이 남았다고 속으로 웃었다.

밥을 다 먹고 난 뒤 실상은 생각지 않으려 한 보라이면서도 그의 내방이 실없이 기다려졌다. 그러나 아홉 시가 지나도록 보라는 오지 않았다. 혹은 자기가 찾아가기를 기다리는지도 모를 일이라고 종만은 생각되었으나 구태여 보라를 찾아갈 뜻은 생각나지 않았다.

종만은 어저께의 흙 튄 쓰봉을 비벼서 주워 입고 검정 쓰메에리를 걸치고서 모자를 아무렇게나 머리에 얹고 문을 나섰다.

또다시 그는 거리로 나가는 습관이 발작됐기 때문이다.

천천히 골목을 걸어 나온 종만은 보라의 하숙 앞에 이르자 차마 그대로 지나치기가 인정에 박한 것도 같았다.

그러나 때에 전 쓰메에리의 자기요 흙물이 튀어 구겨진데다가 무릎 자국이 또렷이 나타난 목회색 쓰봉의 자기인 것이 느껴지자 보라를 방문할 용기는 사라져 버렸다.

종만은 고개를 푹 수그리고 그곳을 얼른 지나치려 했다. 열댓 걸음 옮겨 놓자 갑자기 꺾인 골목에서 돌아 나오는 어떤 사나이와 마주치게 되었다.

종만은 깜짝 놀라 고개를 쳐들었다. 어젯밤 보전이와 명치제과 앞에서 만난 뚱뚱보다. 종만은 얼른 못 본 체하고 피해 가는 뚱뚱보의 행동이 이상하다 생각했다.

종만은 선뜻 뚱뚱보가 보라의 하숙이나 찾아오는 길이 아닌가? 하는 예감이 떠돌았다. 그러자 거의 반사적으로 주춤해지는 발길, 종만은 얼른 돌아서서 뚱뚱이의 행동을 살피려고 걸어갔다.

종만의 시선이 꺾인 골목에서 보라의 하숙 대문으로 옮겼을 때엔 예감한 바와 마찬가지로 뚱뚱보는 대문 앞에서 안을 노려보며

"이리 오너라!"를 연발한다.

"누구를 찾으세요!"

하고 중년 노파가 대문짝을 열고 얼굴을 나타낸다.

"네, 손보라 씨를 찾아왔습니다."

하고 뚱뚱보는 가장 점잖은 어조로 발음한다.

노파가 들어가고 난 뒤에 조금 있으니까 대문을 열고 보라가 나온다.

보라가 나오자 뚱뚱보는 빙그레 웃으며

"어저께 노여움은 다 풀어졌우?"

한다. 보라는 갑자기 얼굴이 흥분이 떠돌며

"당신도 사람입니까?"

하고는 사방을 둘러보더니 마침 아무도 없는 틈을 잘 붙잡았다는 듯이

"당신의 그 더러운 죄악을 사회에 폭로하지 않고 그대

로 둘 줄 아세요?"

하고 떨리는 음성으로 발음을 한다.

종만은 이제야 이 이상 더 설명을 듣지 않고도 백의 정체를 그림같이 그릴 수 있다고 깨달았다. 거기 따라 번개처럼 느껴지는 것은 보라가 당했을 모욕의 장면, 그리고 어젯밤의 보전의 운명이었다.

종만은 더 서서 그것을 방관할 수 없었다. 종만은 거의 본능적으로 느껴지는 의분을 참을 수 없었다. 종만은 꺾음길 모퉁이에서 용감하게 주먹을 쥐고 투벅투벅 뚱뚱보 앞으로 뛰어나갔다.

어느 틈에 종만의 시선과 마주친 보라의 시선, 갑자기 뛰어나오는 보라.

"아유, 종만 씨!"

너무도 흥분된 나머지에 더 말을 못 하고 표정과 행동만이 극도로 당황해질 뿐이다.

뚱뚱보는 종만의 시선을 피하고 어름어름 발길을 딴 곳으로 옮겨 놓고 있다가

"좌우간 손 선생은 우리 유치원엘 아무 이유 없이 그만두셨으니까 무슨 감정이든 감정이 계신 것 같다고들 직원들이 말을 해요!"

뚱뚱보는 어느 틈에 자기가 지금 보라를 방문한 목적이 그 종류의 화해나 타협차로 온 듯이 가장 천연스럽게 임기응변식의 태도로 합리화시키려 한다.

종만은 갑자기 가슴에서 의분의 불길이 솟아올랐다. 그러나 종만은 선뜻 그것을 참고

"어젯밤에 말씀만 드리고 인사를 못 드렸습니다. 저는 김종만입니다! 앞으로 많이 사랑해 줍시오."

하고 먼저 은근히 뚱뚱보의 골을 올렸다.

"네, 나는 백관철이라 합니다."

여전히 그는 자연스러운 표정을 한다.

"영육[99] 사업을 하시기에 얼마나 골치 아프십니까."

하고 종만은 또 한 번 빈정대자

"천만의 말씀을!"

하고 백은 어떤 자기 신변에 불길한 전조가 보였던지 발길을 옮겨 그 자리를 떠나려는 기색이 나타난다.

종만은 보라의 말한 바 '종만 씨의 힘을 빌려주세요!' 한 의미가 이 백관철에 대한 자기가 받은 모욕의 복수를 말한 것이라고 느껴지자 다만 한 개의 뺨이나 욕으로는 너무도 그 방법이 협소하다고 느껴졌다. 이윽고 종만은 한 수단이 생각되었다.

"보라 씨! 옷 입고 나오세요! 오늘 우리 셋이 장충단 상공 운동회에 구경이나 갑시다!"

종만의 태도에서 눈치를 챈 보라는 얼른 옷을 주워 입고 나왔다.

종만의 왼편에 백을 세우고 바른편에 보라를 세우고 나

99) 육영

란히 서서 길거리까지 나왔다.

"나는 좀 볼일이 있는데!"

백은 벌써 눈치를 챘던지 꽁무니를 뺀다.

"원, 천만에, 오전만 보시지요!"

하고 그를 붙든 뒤에 보라에게 가진 돈이 얼마냐고 물었다. 보라는 손가락을 셋을 세워 보였다. 종만은 지나치는 택시를 붙들었다.

"여기 타시지요, 백 선생!"

하고 종만은 백을 권하였다. 백은

"아니, 참말로 바쁜 일이 있어서 안 되겠는데!"

하고 발길을 피하려 한다. 종만은 백의 몸뚱이를 거의 강제적으로 끌어다 태웠다. 먼저 백을 태우고 그다음 자기가 타고 그다음 보라가 탔다.

종만은 운전수에게 청량리까지 가자고 명령했다. 자동차는 스피드를 내어 아스팔트를 미끄러지기 시작했다. 거의 사로잡듯 한 백관철의 표정이 갑자기 이상하여지자 종만은 옆에 주먹을 든든히 쥐고 만일을 경계하였다.

종만은 사람 많은 골목에서 그를 제재하기보다는 차라리 사람 없는 청량리 어느 산비탈로 끌고 가 흠뻑 보라의 앞에서 그를 뚜들겨서 설복을 받고 양심의 가책을 느끼게 한 뒤에 돌려보내는 게 오히려 효과적일 것도 같았다.

종만의 눈앞에는 벌써 몇 분 뒤에 전개될 곁에 앉은 백과의 격투 장면이 주마등처럼 어른거린다. 자기의 부르르 떨리는 주먹! 그 주먹이 뚫고 들어가는 백의 박사[100] 같은 앞가슴! 종만의 숨결은 갑자기 급속도로 변해 올랐다.

100) 얇은 실

24

그날의 해도 저물었다.

종만은 전깃불이 들어온 뒤에야 하숙으로 들어왔다. 하숙으로 들어오기가 바쁘게 그는 쓰메에리를 벗어 떨어진 단추를 달려 했다. 책상 서랍에서 멘소래담[101]을 꺼내 백관철의 손톱에 긁힌 아래턱 밑 상처에다 발랐다.

종만은 오늘의 백관철을 뚜들겨 준 것이 의외로 통쾌하였다.

남과 싸워 본 일이 별로 없는 자기였고 또 남을 뚜들겨 본 일이 없던 자기가 어떻게 돼서 오늘 백관철을 뚜들겨 주었는지 실로 자기의 한 일을 자기로서도 뜻밖이라 생각했다.

어제까지 우울에 잠겼던 자기의 성격도 웬일인지 화창해지고 명랑해진 것 같았다. 마치 잠을 곤히 자고 나서 갓 떠오르는 햇빛을 향하여 공기를 들이마실 때에 느끼는 것

101) 미국에서 판매한 소염 진통제 브랜드로 당시 널리 이용되었다.

같은 새로운 피의 약동과 상쾌를 종만은 오늘에야 비로소 느낀 것 같았다.

쓰메에리에 단추를 달려고 서툰 바늘귀를 꿰고 있노라니 밖에서 투벅투벅 발자국 소리가 들려온다. 종만은 그것이 보라의 발자국이나 아닌가 했다. 그러나 그것은 우편배달부였다.

"이 집에 김종만이 있어요?"

하고 배달부는 부전[102] 붙은 봉함을 들여다보다가 종만이가 뛰어나가자 그것을 불쑥 내밀었다. 종만은 편지가 먼저 있던 이화동에서 이리 돌아왔다고 느껴지자 얼른 필적을 살폈다. 소학교 삼사 학년이 쓴 것 같은 서툰 철필 글씨로 또박또박 박아 쓴 여자의 필적! 그것은 고향에 있는 종만의 아내의 필적이었다.

봉함을 받은 종만의 손은 떨렸다. 갑자기 명랑해졌던 오늘의 기분이 어느 틈에 스르르 우울해지기 시작한다.

종만은 언제나 하는 버릇처럼 편지를 뜯지도 않고 그대로 뒤틀어 책상 위로 팽개쳤다. 그리고는 담배를 꺼내 불을 붙여서 푸— 하고 공중으로 내뿜었다.

갑자기 눈앞에 나타나는 아내의 얼굴! 종만은 머리를 흔들어 버렸으나 더한층 또렷이 나타나는 것은 족두리 쓴 채 병풍 뒤로 돌아앉아 홀짝홀짝 울고 앉았던 오 년 전 결혼 초야의 공포에 떨던 그의 광경이었다.

102) 간단한 의견이나 메모를 적은 쪽지

종만은 그것이 단순히 자기 때문에 생긴, 대학을 마치고 싶었던 허영에서 생긴 제물로서의 원통한 희생이라고 느껴지지 않은 바는 아니었다.

자기 때문에 희생된 한 여자의 청춘과 그 앞길! 종만은 어느 틈에 자기의 너무나 남편으로서가 아니라 다만 인간으로서라도 그에게 대한 잘못이 많았음을 뉘우치지 않을 수 없었다. 그는 적이 엄숙해지는 자기감정을 누를 수 없었다. 어느 틈에 자기도 모르게 쥐어지는 구겨진 아내의 편지! 종만은 떨리는 손으로 봉투를 뜯고 연필로 쓴 편지를 띄엄띄엄 내리읽는다.

당신의 사랑을 받고자 오 년 동안이나 참고 바랐습니다. 이제는 부모 슬하에 있기가 싫증이 났어요. 당신은 왜 대학을 졸업하고도 취직을 안 하십니까? 혹은 취직을 하시고도 나를 속이시지 않으십니까? 아무래도 나는 당신이 나를 사랑하지 않는 것 같아요. 당신은 한 번이나 집에라도 내려오시면 내 방에서 내 얼굴을 똑바로나 쳐다보셨습니까? 나는 인제 더 당신을 믿고 참아 나갈 수 없어요. 취직이 안 되셨으면 응당 내려오실 터인데 일절 소식을 안 전해 주시니 나는 당신에게 이것으로써 마지막 편지를 드립니다. 나 같은 것을 아내라고 맞이한 게 당신의 첫 번 잘못이었지요. 나는 똑똑이 깨달았답니다. 나를 싫어하는 당신이라는 것을. 그리고 굳게 결심했습니다. 그렇다면 구태여 당신의 괴로움을 더해 드리지 않기로요. 나는 일간 '친정'으로 가 있으라고 부모님이 말씀했습니다. 너무도 부모님은 나를 딱하게 동정하십니다. 친정으로 가기는 부모님의 명령이니 가겠습니다마는 나는 '친정'에 가서 부모님을 졸라 공부를 하러 서울로 올라갈는지도 모릅니다. 서울에 가면 혹시 뵙게 되겠지요. 만일 친정에 그것을 거절당한다면 나는 친정에서 뛰어나와 대구 고모 집으로 가서 어떤 공장이든 일자리를 구한 뒤에 내 먹을 것을 내가 벌겠습니다. 만일 그것도 안 되면 나는 새 길을 걷지요. 그리고 그것도 안 된다면 오직 시들지 않은 청춘을 안고 죽어 버리는 수밖에 별다른 방법이 없지요…….

여기까지 읽고 난 종만은 정신이 멍하고 눈알이 흐려졌다. 자기 때문에 희생된 그 아내! 그에게서 받는 마지막 선언! 종만의 가슴은 쓰리고 아팠다. 더구나 양같이 순하다고만 보아 내려온 그 아내의 상상 이외의 심적 변천엔 적이 놀라지 않을 수 없었다. 더구나 그가 교양이 없는 구여성이면서도 비교적 진보적인 시대 의식에, 비록 막연하나마 똑바로 눈이 뜨인 것을 보아 종만은 양심이 찔렸다.

종만은 한참 동안을 멍하고 앉아서 담배만 푸― 하고 내뿜었다. 이윽고 그는 모자를 집어쓰고 구두를 신었다. 우울한 기분은 여전히 한바탕 거리를 헤매다가 돌아오고만 싶었다.

대문을 나가다가 만난 것은 보라였다. 보라는 종만이가 혹은 자기를 찾아 나온 길이나 아닌가 하고 만족한 웃음을 띠며

"기다리셨지요? 저녁이 늦었어요!"

하고 나서 종만의 발길에 걸음을 맞추며

"…… 미완성 교향악이 좋다지요? 거기 가실까요?"

하고 종만의 표정을 살핀다.

"글쎄요……."

종만은 전깃불이 내리비추는 길바닥을 고개를 푹 수그린 채 보라의 곁을 걸었다. 아까 백관철을 뚜들겨 줄 때의 자기는 보라가 다만 한 약한 여자로서의 받은 모욕에 대한 단순한 도덕적 의분의 발로 이외에는 다른 조건을 첨부하기가 싫었다.

그만큼 보라에게 대한 자기의 태도를 단순하게 해석하려 하던 종만은 갑자기 보라의 청에 귀가 솔깃해졌다.

어느 틈에 그는 지금까지 자기의 우울한 대상이었던 편지의 주인공인 아내의 기억을 잊어버리려 했다. 전차 길거리로 나오자 종만의 곁으로 벤또[103]를 낀 젊은 여자가 두셋이 지나친다.

'여직공?'

103) 도시락의 일본 말

하고 선뜻 머리를 스치자 잊어버리려 계획했던 몇 분 전의 그의 아내가 또 연상되었다.

종만은 안전지대에서 보라와 같이 전차를 탔다.

종만은 왜

"나는 이미 아내가 있는 사람입니다."

하고 보라에게 자기의 정체를 알리지 못하였는가? 했다.

그것이 대학을 마친 자기의 우유부단한 소시민의 성격인가? 조선의 조그만 인텔리의 근성인가? 한때는 새빨간 팸플릿을 탐독해서 소위 진보적 시대 의식을 파악하려다 결국 무기력하게 타락된 자기의 특성인가?

종만은 이런 것들을 생각하다가 갑자기 자기 존재의 무가치와 아울러 화끈하고 얼굴을 붉혀 주는 양심의 가책을 느꼈다.

극장은 이미 만원이었으므로 보라는 한강이나 산보하자고 종만에게 청했다.

첫여름 한강의 밤물결엔 가벼운 바람이 잠을 잔다. 인도교 난간에 비스듬히 기대어 섰던 종만, 종만의 코를 찌르는 보라의 살 향기, 종만은 바짝 정신을 차리려 했다. '경옥'에게서 받은 체험, 종만은 또다시 자존심을 꺾이지 않으려 했다.

"종만 씨! 저기 저 보트를 보세요."

보라는 빙긋이 웃음을 띠며 종만의 표정을 쳐다봤다. 종만은 푸른 물결을 내려다봤다. 연애하는 남녀가 짝지어 탄 것 같은 보트가 피로한 듯이 여기저기서 날개를 벌린다.

"쾌활한 남녀들이군요……."

종만은 얼굴을 들어 별이 반짝이는 하늘 저편을 쳐다봤다. 보라는 갑자기 어조를 변해 가지고

"종만 씨! 한 가지 묻고 싶은 게 있어요!"

하더니 곧 뒤를 이어

"한 달 전 어떤 날 식전 종만 씨 방 앞에 놓여 있던 뾰족 구두의 주인공은 누구예요?"

하고 방긋이 웃는다. 방긋이 웃는 보라의 얼굴엔 약간 질투에 가까운 표정이 숨어 흐르는 듯했다. 종만은 선뜻 가슴이 뜨거웠다.

"네, 그이는 박경옥이란 여자입니다. 지금은 카페 여급으로 타락했습니다."

종만이가 숨기지 않고 이야기해 주자 보라는 도리어 부끄러운 표정을 한다.

"……."

"……."

"그건 왜 물으세요?"

"그저요……."

"……."

"……."

두 사람 사이엔 잠깐 동안 침묵이 내리었다. 이윽고 보라가

"절 누이동생처럼 여기시고 제 신변을 감시해 주세요!"

하고 말한다.

그러더니 가장 침착한 어조로

"종만 씨께서는 저를 어떻게 취급하실 줄로 잘 알고 있어요!"

하고 어조를 비꼬면서 은근히 대답을 재촉한다.

"어디 한번 말씀해 보세요?"

"픽! 귀찮게 여기시겠지요?"

"하하하하."

종만은 한바탕 웃었다.

이윽고 종만도 침착한 어조로

"보라 씨! 나는 사실 보라 씨의 내게 대한 감정의 의도를 이해하고 지지하고 조장해 드릴 만한 자격이 없다는 것을 미리 말씀해 드리고 싶습니다."

했다.

종만은 이 말이 '나는 너를 사랑할 자격이 없다!'는 말을 공연히 뒤로 돌려 했다고 갑자기 후회했다.

종만은 응당 이 말을 들은 보라의 태도에 어떤 환멸의 기상이 떠돌 줄 알았으나 보라는 뜻밖에 더한층 만족한 빛을 보이며 자기에게로 한 발자국을 더 가깝게 다가선다.

종만은 웬일인지 이 순간 보라를 피해 나올 용기가 스르르 사라졌다.

종만은 괴로웠다. 너무도 무기력한 자기감정의 우유부단성엔 자기로도 침을 뱉을 만큼 얼굴이 화끈했다. 따라서

'경옥'에게서 받은 체험을 또다시 밟아서는 안 된다는 양심의 명령에 반역할 수 없다고 느낀 그는 그윽이 풍기는 보라의 살 향기를 피하기 위하여 의식적으로 서너 걸음이나 보라의 옆을 물러 나오고 싶었다. 그러나 얼른 발길이 떨어지지 않는다.

어느 틈에 한 틀의 택시가 용봉정 앞에서 푸르르하고 헤드라이트를 이쪽으로 비치며 쓰르르 미끄러지기 시작하자 인도교 좌우편 난간에는 짝지어 선 젊은 남녀의 뒷모양들이 띄엄띄엄 나타났다 사라진다.

이윽고 자동차는 어떤 젊은 남녀의 어깨를 마주 맨 뒷모양을 자랑하면서 오늘의 종만을 비웃는 듯이 쓰르르 미끄러져 어둠 속으로 달음질한다.

"저리 좀 걸어가 보실까요?"

철교 난간에만 기대어 섰기가 따분하다는 듯이 보라가 불쑥 의견을 제출하며 종만의 표정을 살핀다.

"글쎄요!"

종만은 어느 틈에 자기도 뜻하지 않은 새에 보라와 나란히 걷기 시작했다.

어느 틈에 그들은 넓은 아스팔트를 지나 동쪽으로 툭 터진 모래밭으로 발길을 옮겨갔다.

이윽고 전차, 자동차의 지나가는 소리도 그들의 등 뒤에서 차차 멀어져 갔다.[104]

104)『신동아』연재는 여기에서 완결되었으나 단행본에서 뒷이야기가 보완되었다.

한참 동안 모래밭을 걸어 거의 무인지경에 다다른 종만과 보라!

그들은 거의 약속이나 한 듯이 어느 조금 높직한 모래 언덕에 이르자 발길을 멈추더니 먼저 종만이가

"인젠 그만 걷죠!"

하고 불쑥 주저앉는다.

보라도 따라 앉는다. 그들의 앉은 거리는 불과 두세 자 가량밖에 간격이 없었다.

종만은 담배를 한 개 피워 물고 어렴풋이 바라다보이는 어둠 속의 한강 상류를 물끄러미 쳐다봤다.

철교 위에서 볼 수 있던 보트 몇 척이 상류로 올라갔는지 여자의 가는 웃음소리와 헐직한 유행가 가락이 멀리서 바람을 타고 들려온다.

"종만 씨!"

"네?"

"……."

"왜 부르시고 말씀을 안 하세요?"

"…… 아까 난간에서 하신 말씀을 강의 좀 해 주세요……. '…… 보라 씨의 내게 대한 감정의 의도를 이해하고 지지하고 조장해 드릴 만한 자격이 없다'는 말씀을."

종만은 가슴이 뜨끔해 올랐다.

종만은 어름어름할 때가 아니라는 듯이

"실상은 보라 씨에게 솔직히 고백할 말씀이 있었습니다."

하고 침착한 태도를 보인다.

"무슨 말씀이세요?"

"실상은 나는 기혼자입니다. 그러나 애정이 없는 결혼이었고 지금은 거의 절연 상태에 있습니다만!"

"……."

"그러니까 나는 보라 씨의 내게 대한 감정의 의도를 지지하고 조장할 자격을 상실한 게 아닙니까? 하하하."

"그건 너무도 절 무시한 말씀이시죠. 그보다도 시대를 무시하신 말씀이 아니세요? 호호호!"

"시대를 무시했다고요? 그럴는지 모르죠. 그러나 난 보라 씨와 같은 미모와 교양과 총명과 명랑을 가진 현대 여성의 연애의 상대자가 될 만한 성격이 구비해 있지 못한 것을 잘 압니다!"

"그럼 절 모던 걸로 아셨어요? 전 모던 걸이 아니에요."

"무엇보다도 나는 현대 여성이 싫어하는 우울한 성격을 가진 사람입니다. 소위 대학을 나와서도 취직을 못 하고 룸펜으로 지냅니다."

"그것은 종만 씨의 이상이 너무 높으신 탓이겠지요."

"이상이 높다고요? 하하하하!"

"그렇지 않으면 세기의 고민이 다른 사람보다 많으시기 때문에!"

"세기의 고민! 세기의 고민!"

종만은 문득 속으로 한번 중얼댔다.

"그러시지 않아요? 옛날 우리 오빠처럼!"

"그렇습니다. 세기는 젊은 사람에게 고민과 우울을 조장할 뿐이지요!"

잠깐 동안 그들의 대화는 그쳤다.

첫여름 밤 가벼운 강바람이 한 줄기 선선히 불어치기 시작한다.

"자, 다시 좀 걸어 보실까요!"

그들은 다시 어깨를 나란히 대고 모래밭을 걷기 시작했다.

또다시 그들은 동쪽으로 동쪽으로 한강 상류를 향하여 걸어 올라갔다.

이윽고 동쪽 먼 산봉우리가 훤해 오른다.

"아마 달이 뜨는 게죠!"

"네, 오늘이 아마 음력 열이레죠."

얼마 안 되어 달이 이마를 내민다.

달은 어느 틈에 몽땅 얼굴을 나타낸다.

보름을 이틀 지난 달이라 약간 이지러졌으나 첫여름 달로서는 유달리 맑고 밝다.

"다리 안 아프세요?"

보라가 힐끔 종만의 얼굴을 훑는다.

"아니요! 왜 다리 아프십니까?"

종만의 시선은 보라의 얼굴로 옮겨갔다.

달빛에 비치는 보라의 얼굴은 오늘따라 한없이 어여쁘다.

둥그레한 아래턱, 좁다란 입, 우뚝한 콧날, 별같이 반짝이는 두 눈, 시원하게 툭 터진 이마, 가벼운 바람에 살살 불려 종만의 코를 찌르는 얇은 그의 살 향기, 종만은 갑자기 정신이 아찔해지며 감정이 흥분되기 시작했다.

"자! 보라 씨! 인젠 그만 돌아서서 걸으실까요?"

종만은 발길을 주춤하며 보라의 표정을 훑는다.

"아이유! 그럼 달을 등지게요?"

보라는 달을 안고 자꾸만 걷고 싶은 눈치다.

"달을 등지고 제 그림자를 제 발로 밟으며 걷는 것도 미상불 좋은 취미일걸요!"

"그건 비현대적 취미예요!"

"그럴까요?"

"그럼은요! 너무 세기를 고민하는 분들의 악취미인걸요! 호호호."

"?"

종만은 가슴이 뜨끔하였다.

세기를 고민하는 사람들의 악취미란 말은 너무도 날카로운, 자기에게 던지는 화살이었기 때문이다.

"저기 보이는 게 빈 배 같지요? 거기까지 갔다가 돌아설까요?"

보라는 손가락으로 달빛 사이를 멀리 가리킨다.

종만은 다시 보라의 곁에 서서 모래알을 밟았다.

그들은 달빛을 한 아름 안고 한참 동안 걸어서 빈 배를 찾아갔다.

조그마한 나룻배다. 배 안엔 사람이 잔다.

"우리 이 배 타고 저편으로 건너갈까요?"

종만이가 의견을 제출한다.

"그럴까요, 너무도 모래밭만 걸었으니까!"

그들은 사공을 깨워 나룻배를 탔다.

멀리 어렴풋이 하류의 한강 인도교와 철교에 달린 전등이 깜빡이고 자동차, 전차 지나가는 소리가 가늘게 들릴 둥 말 둥 강바람에 흩어진다.

나룻배는 제법 물결이 센 여울을 건넘인지 선체가 별안간 기우뚱거린다.

보라는 갑자기

"아이유, 어머나나!"

하고 종만의 곁으로 바싹 대든다.

"아무 염려 마십쇼. 만일 배가 엎어져도 이까짓 한강쯤은 헤엄칠 만하니까요!"

종만은 담력을 뽐내며 보라에게 안심을 시켰다.

이 순간 나룻배는 또다시 뱃전이 기우뚱하며 금방 엎어질 것같이도 동요되었다.

"앗?"

보라는 거의 본능적으로 고함을 치며 종만의 앞가슴으로 왈칵 달려들었다.

갑자기 보라의 상반신을 무의식 한가운데 껴안게 된 종만은 얼굴이 홱 달아오르며 흥분을 일으켰다.

• 한강 인도교(서울역사아카이브)

"보라 씨! 보라 씨!"

이윽고 뱃전이 덜 움직여지자 종만은 보라의 등을 가볍게 흔들었다.

보라는 자기 역시 뜻하지 않은 채 종만의 앞가슴에 뛰어든 채 부끄러웠던지 종만의 앞가슴에 고개를 처박은 채 좀처럼 움직이지도 않는다.

종만은 이 순간 보라의 들먹들먹하는 흥분된 호흡을 감각할 수 있었다.

이윽고 배가 언덕에 닿았다.

배에서 내린 그들은 말없이 한참 동안 달빛이 내리비치는 숲 사이 외가닥 길을 걷기 시작했다.

"아까 나룻배에서 너무 실례했어요!"

"천만에!"

"그런데 이리로 자꾸 가면 어디로 가나요?"

"노량진으로 가게 됩니다."

"노량진에 가서 택시를 하나 잡아타죠!"

"……."

노량진에까지 걸어 나온 그들은 '낭아시[105]'를 한 대 잡아탔다.

창신동 하숙 골목에 와서 그들은 같이 내렸다.

어느 길가 상점에서 시계 치는 소리가 들린다. 자정이다.

"자, 그럼 어서 들어가 주무시지요!"

105) 택시를 뜻하는 '나라시'의 다른 표현

• 한강 마포 연안(서울역사아카이브)
  1910년대 읍청루(挹淸樓) 아래의 강변 풍경이다.

보라의 하숙 문 앞까지 종만은 모자를 벗으며 보라의 얼굴을 바라본다.

"네, 안녕히 들어가 주무세요!"

보라는 헤어지기가 쓰라리다는 듯이 약간 이맛살을 찡그리며 싸늘한 표정을 한다.

"자! 어서 들어가 주무세요!"

종만은 보라의 앞을 용기 내어 물러 나섰다.

열 걸음쯤 걷기 시작했을 때 갑자기 뒤에서 보라의 발자국이 들린다.

"왜 안 들어가시고!"

"이번에는 제가 바래다 드릴 차례니까요!"

"......"

종만은 아무런 대꾸도 하지 못하고 빙그레 웃으면서 자기 하숙 문 앞에까지 왔다.

"자, 그럼 어서 가세요, 실례합니다."

"네, 그럼 안녕히 주무세요!"

보라는 갸우뚱 고개를 숙이더니 싸늘해지며 돌아서 간다.

혼자서 쓸쓸히 돌아가는 보라의 뒷모양을 잠깐 우두커니 바라보던 종만은

"보라 씨!"

하고 고함쳐 불러들이고도 싶었으나 웬일인지 거기까지 용기가 샘솟지 않았다.

종만은 대문을 닫아걸고 자기 방으로 들어갔다.

그는 책상 위에서 일기책을 끄집어내어 철필로 한참 동안 쭉 내리갈기더니 다시 한번 읽어 보기 시작한다.

보라, 보라, 귀여운 이름이다. 귀여운 여자다. 내가 그를 알게 된 동기도 깨끗하기 짝이 없지 않은가! 그는 나를 확실히 연애하고 있다. 그럼에도 불구하고 나는 왜 그를 솔직하게 사랑한다 하지 못하는가? 나는 왜 내 자신을 내가 스스로 묶고 망치고 하는가! 나는 결국 약지 못한 사나이다. 왜 경옥을 적극적으로 사랑하지 못했던가? 왜 오늘 밤 보라를 그대로 돌려보내고 말았을까? 그렇다. 나는, 나는 세기의 아들인 때문이다. 나는 오직 한 계집애의 연애의 대상으로서 존재의 가치가 규정되기는 싫다. 오직 한 여자의 충실한 남편으로서 인생을 평범하게 보내기는 나의 이 시대적 성격이 용허하지 않는다. 그렇다. 연애는 나에게 금물이다. 그러나 나는 결코 도학자[106]가 아니다. 연애의 뒤에 오는 것이 무섭기 때문이다. 연애의 뒤에 오는 것이 결혼이라면 결혼의 뒤에 오는 것은 아이 아비 되는 것이고 아이 아비 된 뒤에 오는 것은 인생의 구속 이외에는 별다른 아무것도 없다. 그렇다고 나는 무책임한 방종한 성생활을 하고 싶다거나, 똥 판이 되고 싶은 것은 더구나 아니다. 나는 다만 내 존재를 오직 한 여자의 연애의 대

---

106) 유교 도덕에 관한 학문을 연구하는 학자

상으로서만이 그 가치를 규정시키기가 싫은 것뿐이다.
나는 좀 더 나 자신을 높게 평가하고 싶다. 좀 더 우상
화하고 싶다. 나는 나 자신을 나 스스로 숭배하지 않으
면 안 된다. 그렇기 때문에 나는 나 자신을 내 마음대로
지배할 수 없다.

아아, 보라, 보라, 그는 과연 어여쁜 계집애다. 그러나
그 어여쁜 계집애를 사랑할 수 없는 내 괴로움은 오직
나만이 이해할 수 있는 괴로움이다. 아아, 그것이 세기
의 고민인가!

25

한 달이 지났다!

더위도 이제는 본격적으로 심해져 갔다. 어느 바람 한 점이 없는 무더운 날 저녁때다. 보라는 청량리 어느 'XX 학교'라는 간판이 붙은 조그마한 양철집에서 선뜻 몸을 나타내며 손바닥만 한 운동장을 아장아장 걸어 나온다.

아이들이 여기저기서 경례를 한다. 그는 백관철을 피하기 위하여 혜경이가 소개해 준 'XX 학교'도 그만두고 청량리 어느 사립 소학교로 취직해 온 것이다.

보라는 전차에서 내려 하숙으로 돌아왔다. 방바닥에는 낯선 우표가 붙은 봉함 편지 한 장이 와 있다.

보라는 그것이 종만의 필적인 데에 깜짝 놀랐다.

한 달 전 달 밝은 첫여름 밤 한강에서 돌아온 그 이튿날부터 그림자도 볼 수 없는 종만의 필적임에 보라는 떨리는 손으로 봉함을 뜯었다.

보라 씨! 용서하십시오.

돌연 보라 씨의 곁을 떠나왔다고 비겁하다고 하실는지 모릅니다. 산 설고, 물 선 이곳이 물론 이상(理想)한 곳은 아닙니다.

나는 다만 보라 씨를 사랑하기 때문에, 보라 씨를 진정으로 사랑하기 때문에 보라 씨를 피하여 이곳에 온 것뿐입니다.

솔직한 고백입니다마는 보라 씨와 나와 한 이웃에 있게 됨으로부터 우리 두 사람 사이엔 상상 못 할 감정의 변화와 심리적 약동이 전개된 것입니다.

말하자면 나와 보라 씨와는 결국 평범한 연애의 희생자가 되어 한 사람의 아내가 되고 한 사람의 남편이 되고 그리하여 아이의 어미, 아비가 되고 그리하여 인생의 고해에 빠지고 마는 데에 우리들의 생의 가치와 존재 이유가 규정되기 싫기 때문입니다.

보라 씨!

우리는 우리 자신의 힘을 창조하는 수밖에 별수 없습니다. 자연을 초월하고 환경을 초월하고 인생을 초월해야 할 줄 압니다. 나는 지금 나 자신을 누구보다도 높게 평가하고 있습니다.

나 자신을 나 스스로 숭배하고 존경합니다.

내가 나를 내 자유대로 지배하지 못하고 명령하지 못

합니다.

나는 결국 나 한 개인의 내가 아니라는 것을 깨달았기 때문입니다.

보라 씨! 오직 보라 씨를 진심으로 사랑하기 때문에 보라 씨의 곁을 떠나지 않을 수 없는 이 시대적 고민을 이해해 주십시오.

음산한 세기말의 겨울이 지나간 뒤엔 새 세기의 꿈속 같은 봄날이 오겠지요.

자! 보라 씨 그때를 기약하고 오늘의 로맨티시즘에서 하루바삐 해탈됩시다…….

보라는 편지를 다 읽고 나서 우두커니 정신을 잃고 봉투에서 종만의 주소를 조사해 봤다. 그러나 주소는 쓰여 있지 않았다. 우표의 소인을 보았으나 소인 역시 똑똑하지가 않다.

보라는 편지지를 접어 봉투에 다시 넣어 테이블 속에 깊이 넣고 나서 우두커니 창문에 기대선 채 서쪽 하늘을 무심히 바라다보았다.

벌써 거리에는 전등이 밝았고 회색빛 황혼이 차차 어두워지는데 유달리 큰 샛별 하나가 서천에 반짝반짝 유심히 빛나고 있다.

굴종과 저항 사이, 시대의 인물
– 엄흥섭의 『세기의 애인』 읽기

김미연

1. 엄흥섭 '다시 읽기'

엄흥섭(嚴興燮, 1906~1987)은 1925년 「엄마 제삿날」과 「꿈속에서」라는 시를 발표하며 문단에 등장했다. 1929년에는 조선프롤레타리아 예술동맹(KAPF, 카프)에 가맹했고 단편 소설 「흘러간 마을」(『조선지광』, 1930.1), 「파산선고」(『대중공론』, 1930.6), 「꿈과 현실」(『조선지광』, 1930.6), 「지옥탈출」(『대중공론』, 1930.7), 「출범전후」(『대중공론』, 1930.9) 등을 발표했다. 개성 지부에서 활동하던 엄흥섭은 1931년 이적효, 민병휘, 양창준 등과 함께 카프 지도부를 '적색 상아탑'이라 비판했고, 이들은 이 '『군기(軍旗)』 사건'으로 카프에서 제명되었다. 엄흥섭은 제명 이후에도 프롤레타리아 문학에 동조한 '동반자 작가'로 불리며 계급 문학과 공통분모를 형성했다. 이 시기 「그대의 힘은 약하다」(1932.1), 「온정주의자」(1932.3~5) 등에서 볼셰비키적 논리를 관찰할 수 있다.[1] 1938년에는 『파경(破鏡)』이 "유산계급자를 매도하고 좌경 사상을 고취하는 소설"이란 이유로 출판 금지를 당하면서 서대문 형무소에 기소되었다.[2] 해방 후 좌익 계열 문학 단체인 조선문학가동맹의 인천지부 위원장을 역임했고 1951년

---

1) 이승윤, 「추방과 탈주, 경계인의 문학적 실천: 엄흥섭론」, 엄흥섭, 이승윤 편, 『엄흥섭 선집』, 현대문학, 2010, 389~412면.

월북하여 왕성한 활동을 이어간 다작의 작가로 기록된다.

　1930년대 중·후반의 엄흥섭은 소위 '통속 소설' 창작에 몰입했다. 대표적으로『행복』(1938, 연재),『봉화(烽火)』(1941, 단행본),『인생사막(人生沙漠)』(1940, 연재)에서 그 색채가 두드러진다. 이 가운데 중편 소설『세기의 애인』(1939)은 1935년 2월부터 8월까지『신동아』에「고민」이라는 제목으로 7회 연재된 분량에 뒷부분 내용을 덧붙여 다시 엮은 단행본이다. 연재 시기를 기준으로 본다면 이 소설은 작가의 일대기에서 큰 의미를 차지한다. 통속 소설로는 초창기 작품에 해당하고 그 전까지 단편 소설 위주로 창작한 것과 달리 중편으로는 첫 시도에 가깝기 때문이다. 게다가『세기의 애인』이「고민」으로 연재된 1935년은 한국 문학사에서 남다른 의미를 지닌다. 그 이유는 1934~1935년 대대적으로 진압된 카프 2차 검거 사건 때문이다. 10년을 이어온 카프 활동이 일제의 탄압으로 마감되는 순간이었다. 그 결과 사회주의적 경향 작가들의 창작이 위축되었으며 계급과 사상에 중점을 둔 문학은 발표되기 쉽지 않았다. 카프 해산 이후 사회주의 계

---

2) 박진숙,「조선적 상황과 엄흥섭 문학」, 김인환 외,『주변에서 글쓰기와 상처와 선택: 탄생 100주년 문학인 기념문학제 논문집』, 민음사, 2006, 315~352면;『파경』은 엄흥섭, 박화성, 강영애, 이무영, 조벽암, 한인택이 돌아가며 쓴 연작 소설로 1936년 4월부터 9월까지『신가정』에 연재된 뒤 단행본이 1939년 중앙인서관에서 간행되었다.

열 작가들은 이념에 기반한 문학보다는 전향 소설이나 통속 소설로 일컬어지는 작품을 창작했다. 그중에서도 지식인의 소시민성을 다루는 내용이 많이 다루어졌다. 따라서 이러한 맥락을 염두에 두고 『세기의 애인』에 접근할 필요성이 있다.

보통 '대중에게 예술적 가치보다는 흥미 위주의 오락물을 제공하는 소설'로 정의되는 통속 소설은 미학적 완성도가 다소 떨어지는 것으로 평가된다. 이 소설 역시 저자 스스로가 '통속성' 짙은 소설로 명명했지만, 출판되었을 당시의 서평을 살피면 '통속'으로 일관되지 않았다. 먼저, 동반자적 입장에서 평론 활동을 한 홍효민(洪曉民, 1904~1975)의 서평을 살펴보자.

> (……) 통속 소설에는 흥미 본위에 입각하여 사건의 암합(暗合) 또는 우연을 일삼기 때문에 그 구경(究竟)이 가는 길은 영원한 생명을 논위(論謂)할 수 없는 그러한 것이 되기 쉬운 것이다. 그러면 예술 소설은 문장이라든가 세계관, 인생관에만 치중하여 혹시는 무슨 종류의 '이데올로기' 결정이 있을는지 모르나 역시 생경한 것이 되고 있는 것은 흔히 보는 바 소설에서의 통폐(通弊)인 것도 같다. (……) 조선에서는 아직도 소설 도(道)에 있어서 이 두 가지의 방법을 교류시켜 작품을 구성하는 작가가 드문 것이다.

그런데 조선 문단의 중견 작가로 가장 많이 통속과 예술을 교류해 보려는 작가가 있으니 이는 이번 『세기의 애인』을 낸 엄흥섭 씨인 것이다. 씨의 작풍은 '스케일'이 크면서 그것에 대하여 구니(拘泥)됨이 없이 유유히 전개시키어 가는 대담성이 있는 작가이거니와 이번 『세기의 애인』은 '김종만'이란 인물과 '손보라'라는 '히로인'에 의하여 얽혀진 극히 단순하면서도 '데리케-트[delicate]'한 애욕의 문제를 세기적(世紀的)인 곳에 붙인 것이 이 작품의 특색인 것이다.

나는 이 작품을 읽고 이 세기에 사는 사람이 이런 문제에 대하여 고민하는 것을 다시금 역연(歷然)히 볼 수 있는 것을 너무나 심각히 느낀 것이다. 곧 부모의 강제 결혼에 의하여 기혼자가 되고 또 연애의 눈이 떠 사랑의 상대자를 찾았을 때 일어나는 문제, 그것은 우리가 어떻게 해결 짓고 있는가. 비극인 것만은 사실이나 이런 데에 있어서는 결혼과 이혼이 동시에 행해지지 아니치 못하는데 이제 엄 씨는 우리에게 새로운 처방전을 내리고 있는 것이다. 이 한 가지만 가지고라도 이 책은 일독의 가치는 충분하다고 하겠다.[3]

홍효민은 소설이 예술성에 초점을 두면 무미건조할 가능성이 있다고 지적하고 반대로 통속성이 두드러지면 흥미 위주가

---

3) 홍효민, 「북 리뷰, 엄흥섭 저 『세기의 애인』」, 『동아일보』, 1939.5.12., 3면.

되므로 작품의 영속성이 불명확해진다고 말한다. 즉, 예술과 통속, 이 두 가지 조건을 고루 갖춘 소설이 창작되기 어렵다는 것이다. 홍효민이 엄흥섭의 소설을 상찬한 이유는 두 가지를 조화롭게 병존시켰기 때문이다.

소설의 제목에 포함되기도 한 '세기적(世紀的)'인 문제는 인물이 시대와 빚는 갈등을 일컫는다. 특히 이 소설은 '연애'라는 키워드로 시대적 문제에 접근한다. 홍효민이 거론하듯 당시 '자유연애'에서 가장 큰 난관은 결혼 주체의 의지와 무관한 부모의 강요에 의한 조혼이었다. 남성 – 구여성 본처 – 신여성 연인으로 이어지는 세 인물의 관계는 소설의 소재로 다루어지는 것뿐만 아니라 실제로 당대의 사회적 이슈였다. 이 소설에서도 조혼한 남성 '김종만'이 신여성 '손보라'를 만나면서 발생한 심리적 갈등을 다룬다. 그런데 이 소설의 독특한 점은 남성이 본처를 버리고 신여성과 이어지는 통속적인 연애소설과 달리 극복과 해소의 방향을 제시하는 데 있다.

카프 출신 시인이자 비평가인 권환(權煥, 1903~1954)도 비슷한 논조로 고평했다. 권환은 "그(엄흥섭: 인용자)는 아무런 선입관도 없이 아무런 초조도 없이 오직 냉정하게 이 현실을 응시하여 또 아무 가식과 분장 없이 현실 그냥 그대로 그려 놓은 것이 즉 전형적 현대 '인테리' 청년 남녀의 고민상이고 그것이 즉 이『세기의 애인』"이라고 소개한다. 여기서 청년 남녀는 주인공 김종만과 손보라를 가리키는데 두 인물 모두 고등 교육을 받은 점이 중요하다. 지식인 계층에 속하는 남성과 여성이 현실과 부딪히는 과정을 각각 묘사한 것이 이 소설의 중심적인 서사이기 때문이다. 권환의 논평을 구체적으로 인용하면 다음과 같다.

(……) 조선의 '인테리' 청년인 김종만의 생활 과정—봉건적 전통에 대한 반역, 충돌 거기에 따른 생활의 무한한 고민, 근대적 사상의 소유자이면서도 현실을 극복할 만한 적극성, 활동력, 열정이 없는 무력자. 그러나 어디까지든지 현실과 타협할 줄 모르는 양심의 소유자.

또 '인테리' 여성인 손보라의 성격—역시 양심은 소유하고 있으면서도 의지박약한 것. 현실을 극복, 추진할 만한 열정과 활동력이 없는 소극적인 성격.

그러한 청년 남녀의 연애도 역시 결코 향락적인, 유희적인, 또 범속적인 연애는 아닌 동시에 또 모든 장애를 타파, 추진할 만한 열정적, 적극적 연애도 되지 못하였다. 그것은 결국 아무 성과 없이 고민으로 마치 그만 소극적 연애로 되지 않을 수 없었다. 그리밖에 될 수 없는 필연성이며 또 지금의 현실에 그러한 '모델'을 얼마든지 찾아낼 수 있다. 이것은 수많은 현대 조선의 전형적 '인테리' 청년 남녀의 전형적 성격, 전형적 생활 과정, 전형적 연애이다. 흥섭은 그것을 아무 무리와 고작(故作)이 없이 가장 사실주의적으로 심각하게 그려 냈다. 그런 점으로 이 일 편은 훌륭한 '리얼리즘' 작품이다. 그러나 여기서 우리의 주목을 요하는 것은 이 작품의 묘사 수법은 '리얼리즘'으로 일관되어 있으면서도 또 전편의 주류로서 관통해 있는 것은 '로만티시즘'인 점이다. 이러한 작풍은 단, 장편을 물론하고 흥섭의 모든 작품 가운데서 볼 수 있는 특징이다.

그러나 그보다 더한층 우리의 주목을 요하는 것은 이 소설의 통속성과 예술성과의 교묘한 조화이다. (……) 최근 다른 작가들의 '로만[roman]' 중에서 내포되어 있는 소위 통속성과 예술성의 모순, 고민을 흥섭은 어느 정도까지 극복하였다고 말할 수 있다. 즉 그의 독특한 '로만' 창작 방법 이론을 작품으로 무언(無言) 실천하였다. 그런 의미에서 나는 일 책을 상당히 높게 평가하고 싶다.[4]

권환의 논평에서 먼저 주목할 것은 '리얼리즘'에 대한 서술이다. 이는 현실을 얼마나 핍진하게 반영했는지에 대한 물음이다. 이 소설은 현실을 묘파하기 위해 '전형적 인텔리' 계층에 속하는 청년 남녀에 주목한다. 신식 고등 교육까지 받은 이들이 마주한 현실은 구시대적 인습이 점철된 곳이었다. 이를 타

4) 권환, 「엄흥섭 씨 근작 『세기의 애인』」, 『조선일보』, 1939.5.22., 4면.

개하기 위해서는 적극적인 문제 제기와 실천이 요구되지만, 현실은 녹록지 않았다. '사실'적인 묘사를 위해 이 소설은 현실 사회의 전복이나 이념 같은 종류를 설파하지 않으며 도래할 미래에 대한 막연한 희망도 전하지 않는다. 중점은 시대 앞에서 좌절하고 무기력해지는 인간과 방황하고 고민하는 인물 자체다.

　앞의 두 추천사에서는 현실에 발 딛고 있는 인물들의 일상성의 문제를 다루면서도 그 전개 방식이 '연애 소설'의 보편적인 서사 구조를 따르지 않았기 때문에 '통속'의 굴레에 갇히지 않았다는 관점이 드러난다. 이런 이유로 홍효민과 권환이 통속성과 예술성이 공존하는 소설로 평가하는 것이다. 그렇다면 이 소설에 등장하는 전형성과 시대적 조건은 무엇인지, 현실에 대해 인물이 어떠한 태도와 행동을 취하는지를 알아보자.

2. 인텔리의 현실 인식과 갈등, 초월의 가능성

이 소설의 주인공 김종만은 K 대학 영문과 출신이다. 예과가 청량리에 있던 것으로 묘사된 데에서 K 대학은 경성제국대학으로 짐작할 수 있다. 경성제대는 정원의 3분의 1만이 조선인이었으며 일본어 고전 해석 등 난이도가 상당한 입학시험을 통과해야만 들어갈 수 있었다. K 대학 졸업을 앞둔 김종만은 앞날이 창창한 엘리트일 것이라 예상되지만, 졸업 후에는 더 이상 고향에서 생활비를 받지 못하는 처지며 구직에도 큰 어려움을 겪고 있다. 교복 외에는 입을 옷도 변변치 않고 행여나 하숙집에서 월세를 닦달할지도 모른다는 두려움에 직장이 있는 사람처럼 아침에 나갔다 밤늦게 들어오곤 한다. 그의 구직 과정은 이 소설의 중심 서사 중 하나다. 식민지 조선에서 최고 대학을 나왔음에도 불구하고 마땅한 자리를 찾지 못하는 모습을 세밀하게 보여 준다. 조선인의 취업난은 이전 시기부터 진행 중이었다. 1920년대에도 일자리를 구하지 못한 까닭에 비관하여 자살(시도)하는 사건을 다룬 기사를 어렵지 않게 찾아볼 수 있으며 취업 사기 등 현대와 유사한 사고가 일어났다. 여기에 일본인 위주 채용과 일본인과의 임금 차별 등 사회적 문제가 산적해 있었다.

식민 본국에 종속된 경제 상황은 미국발 대공황의 여파를 맞게 되었고 이에 따라 1930년대 실업률은 급증했다. 이를 대변하기라도 하듯 면서기 몇 명을 뽑는 채용에서 몇십 배가 넘는 인원이 지원했는데 그중에는 대학 출신도 있던 점이 기삿거리가 되었다. 유사한 맥락에서 고려대학교 교수를 역임한 조용만(趙容萬, 1909~1995)은 다음과 같이 회고한다.

나는 1932년 당시 경성제국대학 영문학과를 졸업하였다. 그
때는 취직난이 심해서 대학을 졸업하고도 갈 데가 없었다. 그
래서 모두들 놀고 있었고 나보다 이 년 선배인 이효석은 놀다
못해서 그 당시 조선총독부 경무국 도서과에 들어가서 신문,
잡지를 검열하는 일을 보다가 젊은 사람들의 비난과 자신의
양심의 가책 때문에 두 달도 못 하고 나온 일이 있었다.[5]

여기서 언급된 이효석(李孝石, 1907~1942) 역시 경성제대
영문과 출신이었다. 총독부에 취직했지만 '양심' 문제는 걸림
돌로 남은 것을 알 수 있다. 인텔리 계층, 즉 지식인의 신념과
현실은 상충되는 요소이기도 했다. 이러한 요소가 이 소설에
반영된 것으로 전제할 때, 우리가 주목할 점은 인물이 갈등에
굴복하는지 저항하는지 따지는 결과 중심의 이분법적 구분보
다는 부유하는 인텔리의 고민 그 자체와 내면과 세계가 불화
하는 과정이다.

소설 내용 중, 김종만과 같은 대학의 법과 출신 박 군은 구
직 끝에 함경도로 발령되었다. 법과 출신은 비교적 용이하게
취업할 수 있었다곤 하지만 이 역시 순탄치 않았다. 그는 『취
직 전술』이라는 책을 탐독하는 것은 물론이고 ×× 과장, ×

5) 조용만, 「노교수와 캠퍼스와 학생」(2), 『경향신문』, 1974.6.21., 4면.

× 교수 등 지위가 높은 사람들을 찾아가 인사를 하고 이력서를 매일같이 갖다 바친 결과 구직에 성공했다. 직업을 위한 처세술이 묘사된 지점에서 『세기의 애인』(「고민」)이 연재되기 한 달 전인 1935년 1월 『신동아』에 실린 유진오의 「김 강사와 T 교수」를 떠올릴 수도 있다. 이는 취업과 직장 생활에서 개인의 실력보다 권력이 상위로 작용하고 있음을 보여 주는 단적인 예다.

김종만은 인텔리 계층이 주로 희망했던 은행이나 회사, 관청에 취직하는 것을 꺼렸다. 굶어 죽을망정 남에게 머리를 조아리고 싶지 않았기 때문이다. 그는 자존심이 강한 인물이었지만 '룸펜 인텔리겐치아'가 될지 모른다는 공포를 피부로 느끼고 있었다. 고향에 계신 아버지가 보내온 편지는 그 압박을 한층 강화하는 역할을 한다. 그래서 김종만은 박 군이 권한 대로 이력서를 들고 보험회사와 제약회사 잡지부를 찾았지만 결과는 모두 실패였다. 자존심이 꺾인 그는 가정교사 구인 광고마저 내팽개쳐 버린다.

김종만은 경성 일대를 방황하며 시간을 보냈다. 이 인텔리가 방황하는 원인이 무엇인가. 먼저, 예과 시절 심취했던 사상 문제로 접근해 볼 수 있다. 그는 불과 5년 전만 해도 열렬한 마르크시스트였다. 김종만은 예과 시절 손보혁(손보라의 오빠)과 어울리며 마르크스주의를 접했고 사상에 깊이 공명했다. 또한 "음악은 곱고 아름다운 멜로디를 가지고 인간의 정서를 함양한다. 그러나 그것은 어떤 때 우리들의(젊은 사람들의) 굳센 이지의 힘에 너무나 농(濃)한 로맨틱한 멜로디의 독성을 주사하여 그것으로 하여금 향락적, 순간적에로 타락"시킨다고 믿었다. 음악 중독을 예방한다는 구실로 친구의 하모니카를 아궁이에 넣어 버리거나 자신의 바이올린을 팔아 팸플릿을 사기도 했다. 하지만 사상에의 심취는 오래가지 못했다. 대학의 한 교수는 김종만에게 친구를 잘못 사귀었다가 인생을 망친다며 처신을 경고했다. 김종만은 곧장 손보혁과의 관계를 끊어 버렸다. 때마침 손보혁을 포함한 사회주의 대학생들이 검거되는 사건이 벌어졌고 김종만도 한 달간 잡혀 들어갔다가 풀려 나왔다. 이후 손보혁은 실종되었고 김종만은 대학으로 돌아왔다.

5년이 지난 뒤, 구직 시장에 나선 김종만에게 사상 문제가 직접적인 장해물이 되었던 것은 아니었다. 활동가로 나서거나 사회주의에 관심을 두진 않았기 때문이다. 그러나 손보혁과 과거 행위에 대한 부채 의식이 작용하는 것은 분명해 보인다. 손보라를 만날 때마다 손보혁을 떠올렸고, 그를 떠올리면 자신의 과거 '비겁한 행위'가 연상되곤 했다. '일을 위해서 살아야 할 사회, 먹어야 할 사회라면 왜 일을 주지 않느냐? 왜 빵을 주지 않느냐?'라고 분노하면서도 운신의 폭이 좁을 수밖에 없었던 것은 이미 과거에 경험했던 공포가 일부 작용하고 있을 터였다. 좀처럼 갈피를 잡지 못하는 인텔리 계층의 방황과 번민은 비단 소설 속 인물에만 국한되지 않았다.

김종만의 고민은 취업뿐만이 아니었다. '자유연애', '자유결혼'을 주장하던 그였지만 결혼을 해야만 대학을 보내 주겠다는 아버지의 강요에 따라 스무 살의 나이에 두 살 적은 아내를 맞게 되었다. 부모가 정해 준 혼사였으므로 아내에 대한 애정은 없었다. 그러나 조혼과 강제 결혼으로 인해 고향에 남아 있는 아내에 대한 죄의식은 가지고 있었다. 애정 없는 결혼 생활을 유지할 생각도 없지만 그것을 깨뜨릴 용기도 없었다. 이는 앞서 제시한 권환과 홍효민의 평론에서 제기된 전형적인 사회 문제였다. 『만세전』(1924)의 이인화나 『고향』(1933)의 김희준처럼 청년 인텔리 중 다수는 조혼한 아내인 구여성 본처에게 애정이 없었으며 상황을 타개할 만한 방도도 갖고 있지 않았다.

그런데 작가는 바로 이 대목에서 독창적인 전개를 꾀한다. 김종만의 아내가 편지로 결별을 통보한 것이다. 다음 절에서 구체적으로 제시하겠지만, 아내의 결별 선언은 김종만에게 일종의 자유를 담보해 준다. 남은 문제는 자유연애 상대자인 손보라와의 관계였다. 김종만은 여기서 남다른 결정을 내린다. 그는 "나와 보라 씨와는 결국 평범한 연애의 희생자가 되어 한 사람의 아내가 되고 한 사람의 남편이 되고 그리하여 아이의 어미, 아비가 되고 그리하여 인생의 고해에 빠지고 마는 데에 우리들의 생의 가치와 존재 이유가 규정되기 싫다"는 말을 남기고 떠나 버린다. 이는 일상성의 세계를 거부하는 것으로 해석할 수 있다. 임화의 말을 빌리면 "일상성의 세계란 속계(俗界), 우리가 어떠한 경우에도 거기서 헤어날 수 없고 어떠한 이상(理想)도 그 속에선 일개의 시련에 부닥뜨리지 아니할 수 없는, 밥 먹고, 결혼하고, 일하고, 자식 기르고 하는 생활의 세계"[6]다. 그렇다면 김종만은 이념의 세계도, 생활의 세계도 아닌 제3의 길을 선택한 것이 된다. 이것이 추천사에서 제시된 '새로운 처방전'의 양식이다. 결과적으로 주인공이 생활의 세계를 거부함으로써 통속성 위주의 서사에 균열이 생겼고, 연애와 통속 일관에서 벗어나 문학의 예술성을 획득하게 되었다.

물론, 추상적인 결말이라거나 현실 도피적이라는 방식으로 해석할 여지도 있을 것이다. 김종만이 새로 도착한 곳은 어디인지, 무엇을 하려 하는지도 구체적으로 언급되지 않는다. 그럼에도 생활의 굴레에서 벗어나 새로운 개인으로 다시 시작하려는 의지를 표출했다는 점이 중요하다. 자신을 옭아맸

---

6) 임화, 「생활의 발견」(『태양』, 1940.1), 임화문학예술전집 편찬위원회 편, 『임화문학예술전집 3. 문학의 논리』, 소명출판, 2009, 264~265면.

던 고민과 부채 의식을 다소간이나마 떨치고 삶의 태도를 달리하려는 시도 자체를 강조할 필요가 있는 것이다. 이는 현실을 있는 그대로 그리는 것이 아니라 '있어야 할 현실'과 '약동하는 삶'의 가능성을 문학으로 제안한 점에서 의미가 있다. 엄흥섭은 이 소설을 연재한 직후의 평론에서 현실을 보이는 그대로 그려서는 완전한 리얼리즘으로 볼 수 없다고 주장했다. 그가 추구했던 것은 "그렇게 되어야 할 것"을 밀고 나간 "새로운 인간 타입의 발견"이었다.[7] 이 소설이 당대 논자들에게 고평된 이유도 단순히 현실을 밀도 있게 묘사한 것을 넘어 응전의 가능성, 일상성을 초월하는 태도를 보여 주었기 때문일 것이다.

3. 신여성과 구여성, 변화하는 여성들

이 소설에는 크게 세 유형의 여성 인물이 등장한다. 첫 번째는 보육학교 출신의 유치원 보모 손보라, 두 번째는 구여성에서 변모하려는 김종만의 아내, 세 번째는 카페 여급이 되는 전문학교 출신의 박경옥이다. 세 여성 모두 김종만과 관계된 인물이자 식민지 시기에 변화하고 있는 시대상을 반영한다는 측

7) 엄흥섭, 「문단시감」, 『신동아』 5:9, 1935.9., 174면.

면에서 관심을 기울일 필요가 있다.

먼저 손보라에 주목해 보자. 손보라와 김종만이 처음 만난 공간은 경성행 기차 안이다. 우연히 김종만의 신분증명서가 손보라의 가방에 흘러 들어가며 둘의 만남은 이어진다. 김종만은 "조선의 신여성도 이제는 제법 처음 대하는 남자와 한자리에서 기분 좋게 대화해 줄 줄 알 만큼 사교적 상식이 발전되었다는 것을 그는 이 여자의 예에서 입증할 수 있다고 감탄"하며 "현대 여성으로서 순진한 듯한, 고급형에 속할 여자"라고 판단한다. 김종만이 손보라와 대화하며 받은 인상은 '조선의 신여성'이다.

손보라가 '신여성'으로 수식된 까닭은 그가 김종만을 대하는 태도 즉, 여성이 남성과 자연스럽게 대화할 수 있던 매너와 전문적인 직업을 가졌기 때문이다. 손보라의 직업은 유치원 보모, 지금으로 따지면 교사다. 김종만과의 대화 내용에서 드러난 것처럼 손보라는 보육학교를 졸업했다. 이는 신식 교육을 받은 인텔리 계층을 의미한다. 여성의 사회 진출이 급속하게 확장된 1920년대에는 '유치원 설립 운동'이 펼쳐졌고, 이를 뒷받침하기 위해서는 교사 양성이 필수적이었다. 당시 보육학교는 '고등보통학교'나 '고등여학교' 졸업 정도의 학력이 있거나 국어, 산술, 작문, 음악 등의 시험과 구술시험, 신체검사를 통과해야 입학할 수 있었다. 졸업 후에는 손보라의 사례처럼 대부분이 유치원 보모로 진출했는데, 신문에 '교문을 나서는 재원'이라는 표제로 이화, 경성, 중앙 보육학교의 대표적인 졸업생 사진과 함께 그들의 포부가 실렸고, '어머니 아닌 어머니의 말씀'이라는 수식처럼 교사의 중요성과 여성의 인텔리적 면모가 강조되었다.

이처럼 사회적 주목을 받고 자격을 갖추었음에도 직업여성인 손보라가 사회에서 맞닥뜨리는 가장 큰 위험은 성적(性的) 유린이었다. 고용주 위치에 있는 유치원의 원장과 원감은 매일같이 여성 교사들을 교외로 데려가 희롱을 일삼는다. 갑의 눈치를 볼 수밖에 없는 을들은 여러 핑계를 대며 백관철과 원감을 피하려 노력했다. 그러나 직업을 유지하기 위해서는 그들의 요구를 들어줄 수밖에 없는 고충을 안고 있었다. 이는 비단 직업군의 문제만은 아니었다. 근대적 공적 공간에 등장한 여성을 유린하는 사건은 만연했고 권력자의 성폭력 기사도 신문에 자주 오르내렸으며 피해자의 제보도 속출했다.

성적 유린의 대표적인 예가 원장 백관철이 손보라를 강간한 사건이다. 그런데 사건 이후 손보라의 심리를 보여 주는 대목은 인상적이다. 손보라는 복수의 방법을 고민하고, 고소라도 하고 싶은 심정을 표출한다. 만일 손보라가 '정조' 관념에 사로잡힌 인물이었다면 극단적인 시도를 했을지도 모르는 일이었다. 그러나 이 사건에서 손보라는 엄연한 피해자였다. 누

차 백관철을 경계해 왔음에도 유치원 후원자를 만나러 가자
는 거짓말에 속은 것이다. 손보라는 직업여성이 성적 대상화
되는 현실을 개탄하며 신문사에 찾아가 사회 지도층의 부도
덕을 고발하려 한다. 그러나 신문사 사장은 되려 피해자에 쏟
아질 지탄을 우려하여 기사화하지 않는다. 이에 손보라는 거
처와 직장을 옮기지만 이후에도 명사(名士) 백관철의 손아귀
에서 벗어날 수 없었다. 결국 우연히 사건의 전모를 알게 된
김종만이 백관철을 몇 대 두들겨 패 주는 것으로 일단락된다.
피해자가 상황을 완전히 돌파했다고는 볼 수 없을지라도 비
로소 가해자 얼굴에 침을 뱉으며 분노할 수 있는 시대가 도래
한 것이다. 직접 자신의 피해 사실을 알리려 분투하고 '정조'
관념으로 귀속되지 않은 점은 여성의 사회적 인식이 이전과
달리 진일보한 대목이다.

두 번째로 이름조차 밝혀지지 않은 김종만의 아내를 조명
할 필요가 있다. 김종만의 아내는 보통학교 3학년까지 다녔
고 18세에 조혼한 전형적인 조선 여성이다. 결혼하자마자 남
편은 서울로 유학을 떠났고 1년에 한 번 고향에 왔을 때도 아
내를 돌아보지 않는다. 다행인지 불행인지 아이는 없는 상황
이다. 그런 가운데 이 소설에서 김종만의 아내가 처음이자 마
지막으로 직접적인 목소리를 내는 대목이 등장한다. 바로 편
지의 발신인으로 등장하여 결별을 선언하는 장면이다.

나는 일간 친정으로 가 있으라고 부모님이 말씀했습니다. 너무도 부모님은 나를 딱하게 동정하십니다. 친정으로 가기는 부모님의 명령이니 가겠습니다마는 나는 친정에 가서 부모님을 졸라 공부를 하러 서울로 올라갈는지도 모릅니다. 서울에 가면 혹시 뵙게 되겠지요. 만일 친정에 그것을 거절당한다면 나는 친정에서 뛰어나와 대구 고모 집으로 가서 어떤 공장이든 일자리를 구한 뒤에 내 먹을 것을 내가 벌겠습니다. 만일 그것도 안 되면 나는 새길을 걷지요. 그리고 그것도 안 된다면 오직 시들지 않은 청춘을 안고 죽어 버리는 수밖에 별다른 방법이 없지요…….

김종만의 아내가 5년이란 시간을 견디고 내린 결론은 주체적인 삶을 시작하는 것이다. 시부모의 권유로 이루어진 것이기는 하나 본인의 의지가 없었다면 불가능했을 선택이다. 구체적으로 정해진 것은 없을지언정 서울에 올라가 공부할 생각도, 직업을 구해 볼 의지도 갖고 있다. 김종만의 표현대로 "교양이 없는 구여성이면서도 비교적 진보적인 시대 의식에, 비록 막연하나마 똑바로 눈이 뜨인" 그녀는 가정에 속박되지 않은 개인이 되고 경제적 자립을 하는 주체가 되리라고, 혹은 그렇게 되어야 한다고 다짐한다. 이러한 선언은 신식 교육과 도시 문명을 직접 겪어 본 적이 없는 구여성으로서는 파격적인 선택이다. 당시 여성 해방 운동은 주로 신식 교육을 받은 사람들로부터 확장되고 있었다. 나혜석, 허정숙, 김일엽, 박인덕 등이 대표적이다. 특히 이 소설이 연재되기 6개월 전에 발표되었던 나혜석의 「이혼 고백장」(『삼천리』, 1934.8~9)은 세간을 떠들썩하게 만들었다. 물론 신여성의 대표 격인 나혜석은 구여성으로 그려진 김종만의 아내와는 처지가 다르며 조혼을 이유로 이혼한 것도 아니었다. 다만 아내가 남편에게 직접 의사를 밝히고 자신의 길을 개척하리라고 선언할 수 있었던 배경에는 나혜석과 같이 기존 질서에 저항하는 여성 인물이 등장한 사회적 맥락을 간과할 수 없다. 가부장적 제도 속에서 아내의 역할은 순종과 헌신으로 표상되던 가운데 이것이 변화하고 있는 시대상이 반영된 것이다. 행복이 보장되지 않은 가정을 끝내고 세상으로 나가는 여성. 김종만의 아내는 이름조차 불리지 않았지만, 이 소설에서 가장 진취적인 인물이 될 수 있다.

세 번째로 전문학교 출신의 박경옥을 살펴보자. 박경옥은 콜론타이의 『붉은 연애』를 탐독하며 영문학 모임에도 참석하는 인텔리적 인물이다. 박경옥은 김종만을 알게 된 후 거의 매일 그의 하숙집에 찾아간다. 영서 독해를 도와 달라는 명목이지만, 실상은 김종만의 몸과 마음을 얻는 데 있다. 박경옥의 태도는 소위 '조신'하다거나 고분고분한 것과는 거리가 멀다. 김종만이 미혼인지 떠보는 것은 물론이거니와 혼인 여부는 관계치 않고 결국 그를 유혹하는 데 성공한다. 이후 박경옥은 카페 여급이 되는데, 이 상황은 소설 내에서 방종한 여성의 '타락'이라고 언급된다. 카페 여급이 '윤락'과도 관련 깊던 당시의 세태를 고려하면 그러한 시선을 전혀 이해하지 못할 것은 아니다.

그러나 박경옥을 전문학교 출신의 '전락'이라는 관점보다 '자유연애'의 실천자이자 주체적인 여성 노동자로 관점을 바꿔 볼 여지도 있다. 언급한 대로 박경옥은 자신의 사랑을 쟁취하기 위해 상당히 적극적이다. 나혜석이 "정조는 도덕도 법률도 아무것도 아니오, 오직 취미다. 밥 먹고 싶을 때 밥 먹고 떡 먹고 싶을 때 떡 먹는 거와 같이 임의용지(任意用志)로 할 것이오, 결코 마음의 구속을 받을 것이 아니다"[8]라고 급진적인 태도를 표현했듯, 박경옥의 행위도 주체적인 선택 중 하나였다. 김종만은 함께 밤을 보냈지만, "불같은 본능의 힘에 이끌"린 것이고 "새빨간 고깃덩이뿐"이었다며 자신의 행위가 무의미한 것이었음을 강조한다. 그렇다면 박경옥만이 지탄의 대상이 될 순 없을 것이다.

또한 카페 여급이라는 직업도 장소보다 노동자성에 초점

8) 나혜석, 「신생활에 들면서」, 『삼천리』 7:2, 1935.2., 74면.

을 두면 해석의 지평이 넓어진다. 카페는 근대 도시 경성에서 1920년대 후반을 기점으로 확장세였으며 여급은 신종 직업이었다. 1934년에는 여급이 중심이 된 잡지 『여성(女聲)』이 발간되기도 했는데, 이 잡지의 창간 목적은 여급들의 직업여성으로서의 긍지를 고취시키고 사회의 편견을 불식시키는 데 있었다.[9] 자본주의 사회 구조에서 소비와 향락의 업종이 증가하는 것은 당연한 이치다. 문제는 해당 공간에서 발생하는 성과 노동의 '착취'다. 실제로 1932년 카페 '아리랑'에서는 지배인의 횡포로 인해 여급 32명이 동맹 파업을 단행했다.[10] 1934년에도 본정(本町, 오늘날의 충무로)의 한 카페에서 대우 개선과 해고 여급의 복직을 요구하는 파업이 일어났다. 요컨대 노동자가 자신의 의지로 구직을 한 경우라면 기형적인 수익 구조에서 발생하는 착취에 초점이 맞추어져야 한다.

이 소설에서 전문학교까지 졸업한 박경옥이라는 인물이 어떠한 연유로 여급이 되었는지는 설명되지 않는다. 경옥의 친구 보전이 학비 문제로 인해 전문학교를 관두었듯 경제적인 사정이 있었을지도 모르는 일이다. 카페 여급이 된 설정 이

9) 서지영, 「식민지 시대 카페 여급 연구: 여급 잡지 『여성(女聲)』을 중심으로」, 『한국여성학』 19:3, 한국여성학회, 2003, 31~70면.
10) 「아리랑 여급, 삼십 명 맹파(盟罷)」, 『동아일보』, 1932.7.19., 7면; 김정화, 「여급의 등장과 목소리가 지니는 문학사적 의미 고찰」, 『문학이후』 1, 선문대 문학이후연구소, 2021, 87~119면.

면에는 경제력을 갖춘 주체가 되려는 시도가 있다는 점을 짚어야 할 것이다. 그리고 자유연애를 신봉한 박경옥의 태도를 고려한다면 그의 직업 선택에는 유희적 욕망이 복합적으로 작용했으리라고 짐작할 수 있다.

4. 마치며

엄흥섭의 『세기의 애인』은 인텔리 청년 남녀의 방황과 번민을 담고 있다. 굵직한 요소로는 1930년대 중반의 취업, 연애, 결혼 문제가 다루어졌다. 엄흥섭이 연재 시에 제목을 '고민'이라 붙이고 단행본에서 '세기의 애인'이라 한 데에는 특수한 개인이 아니라 시대가 출현시킨 인물 군상의 면모를 부각한 의도가 있는 것으로 보인다. 식민지 조선의 인텔리 청년이 겪는 내외적 고민과 근대적 사회에서 등장한 새로운 여성 인물형을 여럿 제시한 데에서 근거를 발견할 수 있다.

이 소설은 표면적으로는 통속적인 요소를 다수 갖추었다. 인텔리 청년과 신여성의 연애 서사가 진행되는 가운데 조혼한 아내에 대한 죄책감이 기저에 흐르고 있다. 또한 자본가의 악행과 여성 인물의 위기 상황에 구원자로 나서는 남성 주인공까지 얼핏 보면 이 소설은 도식적이고 단순하기까지 하다.

그러나 이 소설의 결말은 '통속'의 문법을 따르지 않는다. 남성 주인공은 신여성과의 사랑을 중단하고 홀연히 일상의 세계를 떠난다. 조혼한 아내는 가정을 박차고 나갈 것을 선언한다. 기존의 관계가 절연되며 개인으로서 주체 정립을 시도하는 마무리다. 사회를 떠난 개인을 상상할 수 없듯, 인물들은 새로운 그리고 미지의 사회에서 다시 자신을 만들어 나갈 것을 암시한다. 엄흥섭은 이 소설을 통해 방황과 번민 끝에 다시금 삶의 방향성을 설정할 가능성을 제안한다. 가능성을 제시하는 장면은 연재에서는 발견할 수 없는 단행본만의 특징이다. 또한, 덧붙인 내용에서 의도적으로 '세기(世紀)'를 반복하며 시대성을 띤 고민임을 강조했다. 이는 소설의 주제 의식과 초점을 부각하려는 시도다.

일부 독자는 인텔리 계층이 식민지 조선의 다수가 아니라는 점에서 현실의 극히 일면만을 다룬 것이 아닌가 하는 의문을 품을지도 모르겠다. 이 점은 비슷한 시기 창작된 엄흥섭의 다른 소설을 통해 해소할 수 있다. 이를테면 농촌 사회의 지주와 소작인의 갈등을 '개'의 시선으로 묘사한 「번견 탈출기」(『예술』, 1935.7)와 지주의 횡포에 저항하는 소작농 춘보를 다룬 「숭어」(『비판』, 1933.11)는 농민들의 피폐한 현실을 드러낸다. 인텔리가 아닌 도시 빈민의 삶을 그린 소설로는 「새벽 바다」(『조광』, 1935.12)가 있고 좀 더 적극적인 지식인의 양상은 「정열기」(『조광』, 1936.11~1937.2)와 「가책」(『신동아』, 1936.1)에서 발견할 수 있다. 다작의 작가 엄흥섭의 작품 세계를 따라가면 시대를 마주하는 다채로운 인물을 만날 수 있을 것이다.

한국근대대중문학총서 기획편집위원

김동식(인하대 교수)
문한별(선문대 교수)
박진영(성균관대 교수)
함태영(한국근대문학관 운영팀장)

편집간사

송지현(한국근대문학관 학예연구사)

책임편집 및 해설

김미연(성균관대 비교문화연구소
연구교수)

한국근대대중문학총서 틈 09

세기의 애인

제1판 1쇄   2023년 11월 30일

지은이   엄흥섭
발행인   홍성택
기획   인천문화재단 한국근대문학관
편집   눈씨
디자인   박선주
마케팅   김영란
인쇄제작   새한문화사

㈜홍시커뮤니케이션
서울시 강남구 선릉로103길 14
T. 82-2-6916-4403 F. 82-2-6916-4478
editor@hongdesign.com hongc.kr

ISBN   979-11-86198-80-3   03810